JN176539

半沢幹一

向田邦子の思い込みトランプ

新典社新書 66

目次

はじめに

　直木賞作家の向田邦子が亡くなってから三〇年以上経った今も、彼女の小説やエッセイなどの愛読者は絶えることがありません。二〇〇九年には『向田邦子全集新版』（全七巻、文芸春秋）が出ましたし、数多くの文庫本もあいかわらず版を重ねています。

　しかし、向田と生前親しかった、作家の久世光彦や演出家の鴨下信一などは、彼女のことに触れるたびに、向田文学は正当に評価されたことがないと嘆いていました。日本の近代文学研究・評論の歴史および現状を考えてみれば、それは向田一人に限ったことではないのですが、なまじ今でも彼女の趣味なりライフスタイルなりがさかんにもてはやされる分だけ、作品評価が乏しいと感じられてしまうのも分からなくはありません。

　愛読者の多くは年配層であり、各自の人生と照らし合わせながら、向田作品を繰り返し読んでいるようです。それはそれで大変結構なのですが、ややもすれば読み手自身の思い込みに囚われてしまい、作品の中に仕掛けられている謎を見落としているようにも思われます。

本書は、向田の唯一の連作短編小説集である『思い出トランプ』を取り上げ、各作品から浮かびあがってくる謎をきっかけとして、作品ごとに秘められた意図を読み取ろうと試みたものです。じつは、それらの謎は作品に書かれていることからではなく、書かれていてもいいはずなのに書かれていないこととの中に、しばしば見出されます。そうして、全体を通して見えてくるのは、人は「思い込み」によって生きている、ということです。

そのように読み取ろうとする筆者自身の思い込みも多分にあることは否定できません。それでも、愛読者の方はもとより、新たな読者の方にも、向田作品がさらに面白く、豊かな読みの可能性をもっていることを知ってもらえればと念じています。

なお底本には、新潮文庫版『思い出トランプ』を使用し、スペースの節約と煩雑さの回避のために、引用は文章のなかに「　」で示し、改行は／で表示し、ページ数とルビは省略したことをお断わりしておきます。

「かわうそ」――星江は宅次と厚子にとってどのような存在だったのか

親というものは、もし自分の子どもを失うことがあったら、その時はもとより、後々もずっと悲しみより深い何かを抱え続けることになるのではないでしょうか。

近年は、若い親が幼児を虐待したり育児放棄したりしたあげく死に至らしめる事件がしばしば世間を騒がせています。そのような事件をとりわけ傷ましいこと、許しがたいことと受け止めるのは、他ならぬ親子という関係だからでしょう。やはり気になるのは、その親たちはその後、どのような思いで生きることになるのか、ということです。

「かわうそ」という作品においても、三歳の星江という娘の死が取り上げられているのですが、じつはその扱いが軽いように感じられてなりません。

星江の死は、作品も終わり近くになって、「宅次は、牛乳瓶のうしろで死んでいる鳥が見えて来た。鳥は目をあいて死んでいたが、あの子は目をつぶっていた。／星江は、三つで死んだ宅次のひとり娘だった」という形で、唐突に、あたかもついでのように出てきます。そしてその後に、死に至る経緯が淡々と記されます。

熱があった星江を診てもらうために病院に電話をしたが、「取次の手違いで往診が次の日になった」せいで、手当てが遅れ、急性肺炎で危篤になり、そのまま亡くなったのです。そのことを、宅次は出張先で三日後に知りました。

「死児の齢をかぞえながら、忘れるともなく忘れていた頃」というのは、何年後のことでしょうか。宅次は思いがけない、星江の死に至る真相を、取次の手落ちがあったことにされた看護婦から聞くことになります。「『あの日、電話はなかったんですよ』／厚子が往診をたのんだのは次の日だったという。前の日、厚子はクラス会だった」。

母親である厚子は、熱のある三歳の子をひとり家に置いて、クラス会に出席したのか、それとも子連れで出かけたのか。どちらにしても、幼い子の親の行動としてはきわめて考えにくいことです。しかも、宅次から出張前に当日の往診を頼むように念を押されていたにもかかわらず、なのです。普通の親ならば、クラス会はあきらめて、娘のそばについて面倒を見るのではないでしょうか。

星江が亡くなったときの厚子の様子は、その前後のことも含めて、まったく描かれていません。「火事も葬式も、夫の病気も、厚子にとっては、体のはしゃぐお祭りなのである」としても、もしかしたら自分の責任かもしれない娘の死に際して、よもや、はしゃぐことはなかったでしょうけれども。

この星江の死に関わるエピソードは、事の真相を知った宅次が「その夜、したたかに酒をのん」で帰り、「厚子の頰を思い切り殴ってやる」と思いながら帰宅したのに、いざとなると「この女は殴らないほうがいい」と思いとどまって眠ってしまうところで、あっけなく終わり、そのまま現在時にまた戻ります。

その夜、なぜ宅次は「この女は殴らないほうがいい」と思ってしまったのでしょうか。それを「思い出そうとすると、頭のうしろが、じじ、じじじと鳴」ったのは、病気のせいばかりではないでしょう。思い出したくないという無意識の作用があったと考えられます。

考えられるのは、殴ったあとの厚子の反応がリアルに想像できてしまったからということです。それは、宅次にとって、けっして望ましい反応ではなく、へたをすれば逆切れされ、別れにつながりかねないものだったかもしれません。

ともかく、その時以来、宅次は厚子にたいして、「この女は殴らないほうがいい」という思い込みを強く抱くようになりました。もう生き返ることのない娘のことよりも、ともに生きていかざるをえない厚子のほうが、宅次にとっては切実な存在になっていたのです。

たしかに、作品全体として見れば、宅次と厚子という夫婦の関係が中心ですから、子供のことが二の次に扱われたとしても、それなりに了解できなくはありません。その程度の役割に見合うように、星江自身に関わる情報は病名と年齢しか示されず、その容貌も様子もいっさい描かれません。親子の関わりを示すエピソードさえないのです。

星江の死後、宅次と厚子には、子供がいません。ひとり娘が死んでしまったショックで子供を作らなかったのか、またはたまたま子宝に恵まれなかったのか。あるいは、宅次は子どもをもつことをあきらめ、厚子はそもそも望んでいなかったとも考えられます。この夫婦はあくまでも子供がいない夫婦として描かれています。

厚子は「母」ではなく、「九つ下の厚子は、子供のいないせいもあるのだろう、年に似合わぬいたずらっぽいしぐさをすることがある」「かわうそ」のような「女」として存在します。宅次はそういう厚子を、「面白い女と一緒になった、一生退屈しないだろう」、「やはり、このうちにかわうそは一頭いたほうがいい」とみなしています。

しかし、それならば、初めから子どものいない夫婦という設定もありえたのではないでしょうか。そうしなかったのは、それなりの理由があったからです。それは何か。宅次が害意を抱くほどの、妻・厚子の裏切りを描くことでした。

星江の死を思い出すことになる直前の場面は、庭をつぶしてマンションを建てるという計画を、厚子が内緒で進めていたことを宅次が知るというところです。長年の友人からの電話でそれを知ったとき、「宅次は、頭のなかが、ふくれ上ってゆくのが判った」。そして「白く濁ったビニール袋をかぶった脳味噌で」、あれこれと思いめぐらすことになり、その果てに、おそらくは長らく封印してきたであろう星江の死の記憶がまざまざと浮かびあがってきてしまったのです。

作品のラスト、宅次は「障子につかまりながら、台所へゆき、気がついたら包丁を握っていた」。それは、星江を失った時に感じた、厚子への害意が蘇ったことがきっかけでした。二度目となる、宅次にたいする厚子の強烈な裏切りに、今度こそはという思いが庖丁を握るという行動をとらせることになったのです。その結果、極度の興奮が再起不能になるかもしれない発作を招くところで、この作品は終わりを告げます。

つまり、星江の死は、作品のラストの、やむにやまれぬ宅次の行動とその結果を導くために必須のことだったのです。「その扱いが軽いように感じられ」たのも、宅次にとってその程度の存在だったからではけっしてありません。むしろそのようにさらりと描くことによって逆に、今もなお心の底に抑圧されたまま、いかに深い傷として残っているかを示しています。それがよりにもよって、うまく頭が働かず、記憶がコントロールできなくなっていた時だからこそ、不覚にも思い出されてしまったのでした。

この作品がほんとうに恐ろしいのは、妻のそのように深刻な、夫にたいする裏切りの代償を、妻自身ではなく、あくまでも夫に負わせていることです。それというのも、宅次には「この女は殴らないほうがいい」という強い思い込みがあり、事の真相をうやむやにしてきたからです。

宅次は、「出世コースからはずれた椅子も腹が立たなかった。おれの本当の椅子は、この縁側だという気が」するくらい、社会的にうだつが上がらないだけでなく、家庭的にも何かにつけ厚子任せで生きてきました。厚子は「宅次には過ぎた女房といえるだろう」というのですから、厚子なしには生きてゆけない男になっていたのです。

作品の途中には、こんなエピソードもはさまれています。宅次が脳卒中の発作後、「夢かうつつか」という状態でいるとき、「新婚の頃、デパートの食堂で、ソーダ水を飲んでいて、厚子のストローがひび割れて、いきなりソーダ水があふれてきた」ことから、「「よせ。吸うのはよせ」／今度血管から血が溢れたら、おれは一巻の終りだ。／叫ぼうとするのだが声が出ない、というところで揺り起こされた」。

これは、単に病死にたいする宅次の恐れをあらわしているのではなく、宅次の生死は厚子の手にかかっていることを暗示するものでしょう。まだ子どものいなかった新婚の頃のたわいのない出来事まで、今から思えば、そのように結び付けてしまうほど、宅次にとって厚子への思い込みは強いものになっていたのでした。

発作的に害意を行動に移そうとする場面でも、「障子につかまりながら、台所へゆき、気がついたら庖丁を握っていた。刺したいのは自分の胸なのか、厚子の夏蜜柑の胸なのか判らな」いという始末です。

この迷いにおいて、なぜ厚子よりも自分のほうが先に出てきてしまうのでしょうか。宅次にとっては、もはや絶望しかないという悲観のほうが厚子への憎悪を上回っていたからではないかと考えられます。それも、「この女は殴らないほうがいい」という思い込みのせいであり、一時の激情も自分のほうへと逆行・内向するしかありませんでした。

しかも、宅次の害意の気配を微塵も感じることのなかった厚子の、勘違いでしかない「凄いじゃないの」「庖丁持てるようになったのねえ。もう一息だわ」という誉め言葉に、宅次は「庖丁を流しに落すように置く」しかありませんでした。

かくして、宅次は、厚子に二度も致命的に裏切られながら、二度とも復讐をあきらめます。星江の死という、宅次・厚子の夫婦にとってはきわめて重大で深刻なことの真相を、厚子に問いただせないままに生きてきたのなら、もはやその後にどんな問題が起ころうと大したことではなくなっていたのでしょう。星江の死がひかえめに物語っているのは、そういう夫婦の関係を決定付けるものだったということです。

後に残るのは、星江も、庭も、そして宅次自身もまた、「かわうそ」のような厚子が描く獺祭図の一つであって、そこから抜け出すことはできないという、とってもかわうそなあきらめだけでした。

そう考えると、宅次は、いっそのこと再起不能になってしまったほうが心穏やかに過ごせるようになるのではないでしょうか。「写真機のシャッターがおりるように、庭が急に闇になった」という、ラストの一文は、宅次の視点からの表現として以外にはありえません。それは、宅次自慢の庭が「闇」となって消えてしまうだけでなく、宅次もまた人間的には「闇」のような存在となり、完全なモティーフと化すことによって、厚子の「獺祭図」は見事に完成するのでした。

「だらだら坂」――なぜトミ子は整形したのか

今日びこそ、美容整形はとくに珍しいことではなくなりましたが、普通の人は、まだなかなか実行には移せないのではないかと思われます。それでもなお、整形に踏み切るとすれば、その理由は何なのでしょうか。

ありきたりに考えれば、容貌に関して、かなり強いコンプレックスがあるとか、ナルシスト的に理想の顔形を求めるとか、ありそうです。そして、決断した整形がそれなりにうまくいった場合、外見だけでなく、内面的にも良い変化が生じるようです。実際、そういう効用があることから、積極的に美容整形を勧める人もいるくらいです。

それでは、この作品に登場するトミ子が突如、整形したのはなぜでしょうか。たしかに、トミ子には、整形するだけの理由がありました。外見的に「見映えのしない平べったい目鼻立ち」で、「目が細いせいか表情がなく陰気に見え」、「大き過ぎ太り過ぎてい」て、「服装も野暮った」い女性です。会社の面接の場面でも、「こりゃどうしようもないや」「でか過ぎるよ」「ありゃ鈍いな。足首見りゃ判るよ」「目ン無い千鳥の高島田」などという、重役たちのもっぱら外見への評価で、「一番先に落され」るほどでしたから。

しかし、だからといって、トミ子には見た目にたいする劣等感がとくには見られません。主人公の庄治から「パーマをかけるな、化粧をするな」と言われれば、そのとおりにする女だったのです。トミ子は、「言われなければなにもしないが、言われたことだけはする女」として初期設定されています。

庄治は、念願の（?）自分だけの女と空間を手に入れます。家庭では家族に馬鹿にされがちであり、会社では立場上、気を張っていなければなりません。庄治にとって、トミ子を囲うマンションは、唯一、心の安らぐ空間でした。同時に、「男の花道」が実現したことに満足する場でもありました。「マンションに女を囲っている。マンションといったところで六畳、四畳半の中古だし、女も大威張りで御座に出せる代物ではないが、そういう身分になれた、というだけで弾むものがあった」。こういう気持の底のどこかには、「崔承喜という朝鮮の舞姫の踊り」を見て興奮する程度だった自分の父親にたいする、男としての優越感も潜んでいたことでしょう。

もっとも、「男の花道」を飾る女としてのトミ子は、「大威張りで御座に出せる代物」ではないのですが、だからこそ、いろいろな点で、自分に見合っていると庄治は考えたと見られます。「北海道積丹半島」という田舎生まれで、「高校の成績も中の下」、「碌な係累もなかった」トミ子ですから、鼠に似た風采も性格も、学歴も会社も自慢できない庄治であっても、優位に立てるという気持だったのでしょう。

そういう二人の関わりですから、男女関係はあっても、恋愛感情はなかったと考えられます。庄治にとってトミ子はただ、「いい格好もしなくて済んだし、体裁をつくることもいら」ず、「気が利かない代り、先をぐって気を廻すことをしないから、気の休まるところがあ」るという、自分にとって都合の良い女としてしか存在していません。だから、トミ子が庄治をどう思い、何を感じ、何を考えているのか、その内面は庄治にはどうでもいいことでした。むしろ、庄治の思惑どおりでさえあれば、トミ子の内面などはないほうがよかったのでしょう。無表情だから「なにを考えているか判らな」いのではなく、判ろうとしなかったにすぎません。ひたすら「言われただけのことはする女」と思い込んでいたのです。

庄治は、面倒や露見を避けるために、「トミ子には、隣り近所とはつきあうな、と言ってあ」りました。ところが、トミ子は「隣りの梅沢とはガス湯沸器の使い方を教えてもらったりで口を利くようになったらし」く、「帳簿整理を頼まれ」、引き受けることになります。そして、それを知った庄治が不平を言うと、「お金じゃないの」「なにもすることがないから」と、いつのまにかそれなりに口応えをするようになります。

これは、庄治の相手をする以外、何の役割も与えられず、他者と接することも禁じられるという生活を続けるうちに、トミ子の内面に自分なりの生き方を求めようとする気持が芽生えたということに他なりません。

「近所のバーのやとわれマダムをしている」梅沢ですから、世情にも通じていますし、トミ子のためを思ってというよりは、トミ子を利用しようというつもりがあったとしても、不思議ではありません。それでも、トミ子は庄治以外の人の意見を耳にし、自らの行動の参考にするようになります。

庄治の心づもりと決定的に異なった行動をトミ子がとることになったのは、庄治が取引と遊びを兼ねて東南アジアに旅行に行っている間のことでした。

庄治にとっては「おふくろの手に出来ていたあかぎれみたいな目。笑うとあかぎれが口をあいたようになる目。泣くと、ドブから水が溢れるように、形のはっきりしない涙が、ジワジワジワビショビショとにじむ目がよかったんだ」という、身勝手な好みのトミ子の目でしたが、その目を二重まぶたにする整形手術を受けたのです。

ややうがった見方をすれば、梅沢から、目のコンプレックスを持たされてしまったのかもしれません。世間知らずのトミ子ですから、手術を受ける病院も当然、梅沢に教えられたのでしょうし、手術代も立て替えてもらったのかもしれません。

整形手術の事実を知って驚くばかりの庄治の「どうして、俺に黙ってそういう真似をしたんだ」という詰問には何も答えず、「結局、トミ子はひとことも謝らなかった」。もはや「言わなければなにもしないが、言われただけのことはする女」ではなくなっていました。

それほどにトミ子は変わってしまったのです。

この整形手術によって、「トミ子の目は隣りのマダムと似た形になった」のでした。マダムは「西洋人みたいに整った目鼻立ちで、昔は絶対になかった顔である」というのですから、以前に整形したにちがいありません。それに似た形になったということは、トミ子の顔も世間的には以前とは比べものにならないほどの見栄えになったということでしょう。

それを目の当たりにした庄司は、「この次は鼻を直し、頬を直し、だんだんと隣りのマダムそっくりになる。白くこんもりと盛り上がったずどんとした体は、足首がくびれ、胴がくびれてくる」のではないかと想像するまでになります。変わったのは外見だけではありません。それとともに「口数が多くな」り、「顔にも体にも表情が多くな」り、内面的にも「毎日すこしずつ、自信がついてゆくよう」に見えるようになりました。

なぜトミ子が整形したのかという謎に対する答えは、トミ子の立場からいえば、けっして庄治からよりよく見られたい、好かれたいという気持からではないでしょう。自信をもって自立化・社会化するための第一歩だったはずです。これは、戦前ならともかく、現代の女性の生き方として考えれば、当たり前すぎるほどの選択方向でしょう。囲われ者のまま、日蔭の女として生きることを良しとする人はおそらくいないと思われます。

むしろこの謎は、庄治にとってこそ深刻だったのではないでしょうか。なにせ「言われただけのことはする女」と思い込んでいたのですから、言われもしない、大胆なことをしたトミ子の行動を理解できようもありません。

そもそもトミ子にたいしては、生活費も「要るだけは渡してある筈だ」し、とくに無理難題を強いているという意識もありませんでした。海外旅行の折には「ケチなものだが、サファイアの土産」を買い、はじめて一晩泊って、トミ子を喜ばせようともしたのです。よもやトミ子が今の生活に不服や不満を抱いているとは思いもしなかったでしょう。

にもかかわらず、わずか「ちょうど一年」で、まったく思いがけない形で裏切られることになったのですから、庄治は当惑し、怒り狂うということも十分に考えられます。ところが、事態はそういう展開にはならず、あろうことか、庄治は「惜しいという気持半分、ほっとしたという気持半分が正直なところだった」と思うのでした。

「惜しい」であれ「ほっとした」であれ、相手の裏切りを憎むという性質の感情ではありえません。むしろトミ子の裏切りの行動を心のどこかで待っていたかのようにさえ思われます。いっとき、女を囲って悦に入ってみたものの、それは単なるひとりよがりの思い込みであって、そのことに庄治自身もうすうす気付いていたのではないかと思われます。

そう悟ったならば、トミ子との関係は自分のほうから解消するという結末となりそうですが、この作品はその気配を感じさせながらも、あいまいなままに終わります。それもまた、「だらだら坂」そのものの庄治という男にはふさわしい幕切れかもしれません。

「はめ殺し窓」――ネクタイは誰のためだったのか

女性が男性にネクタイを贈るのは、たとえば、誕生日のプレゼント、お世話になったお礼など、いろいろ考えられますが、ネクタイには、単なる贈り物という以上の意味、つまり女性から男性への何らかの思いを託しているように思われます。

この作品の主人公である江口の、母・タカは、「買い物に出た帰りにバスに乗り、終点についても動かないので車掌が揺り起こした時は、息がなかった。心臓麻痺だった。／買い物袋のなかに、デパートの包装紙に包んだネクタイが一本入っていた」。

突然亡くなった後、タカが遺したネクタイが誰への贈り物だったのかが話題になります。「「お婿さんにプレゼントするつもりだったんじゃないの。おばあちゃん、若くていい男が好きだったから」／美津子が言い、居合わせた一同もそんなとこだろうと言いあったが、江口はそうではないと思った。／タカは、いつでもトクさんが、トクさんのような男がいないといられなかったのではないか」。

江口の妻・美津子が口にした推測はもっともなことです。その直前に「タカが死んだのは、結婚式の日取りが決った頃である」とあり、しかも結婚する孫の律子の「婿がかなりの美丈夫だった」というのですから。

江口の言うトクさんとは、江口が子どもの頃、何かというと家の手伝いに来ていた「父の会社の給仕」です。江口は、母とトクさんとの仲をひそかに疑っていました。もっとも、「トクさんのような男」というのですから、さすがに当のトクさんではなく、かつての彼に似て、若くて「無口で大柄な男」で、「腕っぷし」が強いというあたりでしょうか。

なぜ、江口がそういう想像をしたのか。じつは、確かな根拠があるわけではなかったのです。タカとトクさんが親密という以上の関係にあったらしいことは、江口が五つか六つの頃のエピソードとしてほのめかされます。

タカが江口を連れて実家に戻った夜、後から駆け付けた江口の父親は「いきなり躍り上るようにして母の頰を殴」り、夜中には「母の前で畳に手をついて頭を下げていた」のでした。しかし、こういう経緯があったとしても、ほんの五、六歳で、しかも「疫痢」にかかり朦朧としていた江口に、大人の世界の何が分かったというのでしょうか。実家に帰る際にも、「トクさんのせいだ、ということも見当がついた」というのですが、この見当は後々になって、江口の中にそういう思い込みが出来上がってからとしか思えません。

その後も、「あれはたしかトクさんが顔を出さなくなってからのことだと思うが」として、タカが「梯子段の上にあるはめ殺しになった小さいガラス窓に、体をおっつけるようにして」すぐ前の高等学校の運動場で生徒が上半身裸で体操でもするところを覗いているという「光景が頭をよぎった」程度にすぎません。それだけでネクタイの贈り相手が「トクさんのような男」とみなすのは、いかにも無理があります。「江口はそうではないと思った」ときっぱり思う割には、「タカは、いつでもトクさんのような男がいないといられなかったのではないか」という言い回しも微妙です。

登場人物のなかで他に相当しそうな男としたら、江口本人か父親ということになりますが、父親はタカの死ぬ七年前にすでに他界しています。そうなると、江口へのプレゼントとなりそうですが、それを示唆する手掛かりは何も描かれていません。

結論が出ないままに、「贈り先不明のネクタイは、形見にとっておいてあなたが使えばいいじゃありませんか、という美津子の意見を押し切って、母の棺に納め一緒に灰にしてしまい、謎は謎のまま残ることになります。

さて、いったい誰なのか。もしかしたら、こう問う前提が間違っているのかもしれません。タカがネクタイを買ったのは、さしあたり誰かに贈るつもりではなかったとしたら、どうでしょう。デパートの中をブラブラしていて、たまたま気に入った、手頃なネクタイを見つけて買っただけだとしたら…。あるいは家族に見せびらかして、思わせぶりのことを言いたかっただけだとしたら…。

しかし、江口にとっては、そういう想定はありえませんでした。タカは夫が亡くなった後も「年より十は若く見え、元気だった」とすれば、今なお好きな男がいてもおかしくないと思い込んでいたからです。「謎は謎のまま残る」のは、そういう思い込みをしている江口だからこそであって、他の人々にとっては、たまたま話題に出ただけで、どうでもいいようなことだったはずです。

江口にそういう思い込みを強くさせたのは、他ならぬネクタイだったからです。そしてそこに、この作品における、隠された意図があると考えられます。

江口は、自分の妻に「母のタカと正反対」の見掛けの「なんだか牛蒡みたいなひと」である美津子を選びました。「美貌の妻を自慢しながら、一生苦しんだ父親の二の舞はしたくなかった」というのですが、母親と似たようなタイプの女性というのならまだしも、こういう妻の選び方をするというのは、とても普通とは思えません。

父親が「美貌の妻を自慢しながら、一生苦しんだ」というのにも、ひっかかります。作品前半に描かれた、夫にたいするタカの甲斐甲斐しい面倒ぶりからは、「一生苦しんだ」とはならないように思われます。あえてくどいくらいにそういう描き方をしたとすれば、それは江口の父親にたいする強い嫉妬のまなざしを感じさせるためだったのではないでしょうか。父親の貧相さや病弱さを強調すればするほど、余計にそう感じられます。

さらに、生まれた娘が「おばあちゃん似ですね」と言われれば、それだけで慌ててしまい、幼い娘の行動にも過剰な反応を示してしまいます。そして、今や人妻となった娘の姿を母親のタカと見間違え、「タカと同じことをし」（つまり浮気をし）て実家に戻って来たのではないかと勘繰ってしまうのです。

このように母親から呪縛され続けていた江口としては、タカが遺したネクタイが見出された時、いっそのこと、それとはっきり分かる形で、自分のための物であることを望んでいたとしてもおかしくありません。タカにそのネクタイで自分を独占してほしいという思い。それはつまり、息子の江口が母親に呪縛されていることを、タカが認め、許す証しとして、ということです。

しかし、残念ながら、おそらくそうではなかったでしょう。江口には他に兄弟がいなかったようですが、一人っ子だからといって、タカが息子を溺愛した様子はまるでうかがえません。とすれば、息子の江口のほうが、いわゆるマザコン的な思い込みをいや増すことになるのも、無理ないといえます。

律子の婿へのプレゼントではないかという周りの意見を即座に否定しつつも、江口はその否定をことばに出すことはありませんでした。ダンマリを決め込んだのです。「トクさんのような男」という、あいまいな思い付きは、自分の本心＝思い込みをみずから必死で隠そうとしたからのように思われます。そして「形見にとっておいてあなたが使えばいいじゃありませんか、という美津子の意見を押し切っ」たのも、妻に自分のそういう心の機微をみすかされることを恐れたせいかもしれません。

母の死後五年ほど経ってから、そういう江口の長年わだかまっていた気持が勝手な思い込みにすぎないと気付くことになります。そのきっかけとなったことが二つありました。

一つは、妻の美津子です。戻って来た娘と一緒にとった夕食の後に、急に体の具合が悪くなった美津子は「若先生にわたしからと言えば来てくださるから」と言って、往診を頼みます。到着した医者は勝手知った様子で座敷に向かうと、「痛みの説明をする美津子の声音に、江口は今まで聞いたことのない湿りと甘さを感じ」「襖をあけて隣りの部屋へ入ってゆきたいという小さな衝動を」覚えたのでした。

そのとき、「自分は魅力のない女だ、とひけ目を持っているらしいところが気に入った」「一緒に暮して面白みはないが、少くともこの女はオレを裏切ることだけはないだろう」

と思って結婚したはずなのに、そういう江口の思い込みがあっさりと反故にされてしまったのでした。

もう一つは、娘の律子です。あの時の母親と同じように、浮気がバレて実家に戻って来たと思っていたら、「彼、つきあってる女の人、いるらしいの」と言う娘の告白に、思わず自分の勘違いを笑ってしまったのでした。

そうして、「絶対に大丈夫と思っていた美津子にあの甘い声があり、勿論それ以上のことはないにしろ、自分の知らない女の部分があったことにおどろき、律子についての見当はずれに、改めて溜息をつ」くことになりました。

それもこれも、発端はすべて母親にたいする思い込みにあったことに、ようやく江口は思い当たったのです。作品のラスト近くの、「記憶に残るタカについてのいくつかの景色のうち、どれとどれに重たい意味があったのか。江口は父親と同じように、自分もタカに惚れていたことに気がついた」というのは、まさにそういうことでしょう。

ところで、向田が、『思い出トランプ』を書くはるか前の、昭和三八年に筆をとったラジオドラマ脚本「森繁のふんわり博物館」の最終回（第一一九回、同年二月二八日放送）のテーマは「ネクタイ」でした。その中のナレーションに、「男にネクタイをしめさせたのは女性の謀略じゃないかという説があるそうですが、さもありなん、とおもうときがございます」とあります。

それから約二〇年後のこの作品において、タカが遺したネクタイは、タカが死してもなお、灰になってもなお、江口にとっては、「女性の謀略」としてあり続けることになりました。そのことにようやく気付くことができた江口のその後はどうなるでしょうか。作品のラストは、江口の遅まきながらの新たな決意を示しているように受け取れますが、あるいは、分かっちゃいるけど止められない、のではないかという気がしなくもありません。

「三枚肉」――なぜ牛肉にこだわるのか

この作品は、とにかく牛肉なのです。あちらこちらに登場します。初めは、主人公の半沢が部下の波津子に夕食を奢る場面。二人が食べたのがビーフステーキでした。しかも、焼き具合は「レア」。「「一番生みたいなの、レアって言うんですよね」／「そうだよ。血の滴たるようなやつを食べて、明日から元気出さなくちゃ」」という会話のやりとりがあります。

作品後半の場面では、半沢が妻の幹子や旧友の多門と一緒に口にするのが、牛肉の三枚肉の煮物です。煮物なのに、食べるときの描写が妙に生々しく感じられます。「いつもより紅の濃い幹子の唇は脂でぬめぬめと光り、そこだけが別の生き物のように、肉をくわえ、脂を口の奥へ送り込んでゆく」「生気がないと思っていた多門も、光のせいか口の中は生の肉のように赤く見える」。

そのほか多少こじつけめきますが、多門が昔、自殺しようとする前に、半沢に返しに来た野上豊一郎の『西洋見学』について、わざわざ「なかにゴヤの闘牛のデッサンが一枚入っていたんだ」と多門に説明させたり、結婚前に幹子が持っていたハンドバッグが牛皮であると断りを入れたり、なぜか牛がらみの表現が見られます。

それはともかく、これらの牛肉に関わる表現はどれも、死の対極としてある生に強く結び付けられているように受け取れます。人間は食べなければ生きてゆけません。肉は体を作る源になるものですから、何の肉であれ、食べれば生きることに結び付くのは、当然であり、魚や野菜などに比べれば、その感が強いといえます。

問題なのは、それがなぜ牛肉なのか、という点です。一般的に、豚肉や鶏肉に比べて、高価であるとか、生まで食べることがあるとか、甘味があるとか、霜降り肉がとくにおいしいとか、特徴はいろいろと挙げられるでしょうが、だからといって、他の肉よりもきわだって生との関わりが強いとはいえません。

じつは、その答えは作品のなかに、はっきりと示されているのです。三枚肉の煮物を食べながらの、「牛肉ってやつは不思議だね」「草を食うだけなのに、どうしてこんな肉や脂肪になるのかね」という多門の発言や、「豚の脂より牛の脂のほうが、土壇場へくるとしつこいわね」という幹子の発言、そして「牛肉のほうが、凄みがあってしたたかだ、と話しながら、三人は肉を食べた」という描写、「なにもないおだやかな、黙々と草を食むような毎日の暮しが、振りかえれば、したたかな肉と脂の層になってゆく」という、主題を提示するかのような記述、という具合に。

しかし、これでは、あまりに分かりやすすぎないでしょうか。牛肉を、こういう観点から捉え、それを人間の生きかたと結び付けるという点では独自性が認められるかもしれませんが、それだけという感があり、作品としての奥行きに欠けるように感じられます。

それでは何があるのか。ポイントは、牛肉ではなく、その元である牛という生き物のイメージにあると思われます。

牛といえば、まっさきに思い浮かぶのは、鈍重というイメージ。それはもちろん家畜としての牛であって、野生の牛や闘牛ではありません。このイメージを人間にあてはめれば、「だらだら坂」のトミ子のようなタイプになるかもしれませんが、この作品ではそれに該当するタイプの登場人物は見当たりません。

牛に関して他に思い当たるのは、鈍重とも関わりそうですが、何を考えているか分からないというイメージです。動物にたいする観察眼も鋭かった向田ですから、牛にそういうイメージを見出した可能性は十分にあります。

一例として、「魚の目は泪」（『父の詫び状』所収）という向田のエッセイがあります。「動物園へ行って、動物の目だけを見てくることがあ」り、ライオンは「人のいい目」、虎は目つきが「冷酷で腹黒そう」、熊は「陰険」、ラクダは「ずるそう」な目をしていて、牛は「妙に諦めた目の色で口を動かし」ていると書いています。動物園に牛がいるかどうかはさておいて、「妙に諦めた目」というのは、本当のところの分からなさに通じるでしょう。

牛は「黙々と草を食む」ばかりで、声を出すことはありますが、その鳴き方の如何でどうこうという意味があるわけでもなさそうです。ここまでなら、他の動物も似たようなものかもしれませんが、かつて身近にいた家畜としては、普段おとなしい性格で、何か目を引くような表情や動作をすることがないという点で際立つものです。だから、牛が何かを感じたり考えたりしていると想像されることもありません。それがいざ肉となって、食べてみるとその味自体に雄弁に物語るものがあるということになるのです。

このようなイメージに当てはまる登場人物となると、あくまでも半沢の目からすれば、結局は半沢以外のすべての人物ということになってしまいます。

半沢は結婚前の幹子と多門の仲を疑っていますが、二人ともそれについては一言も語りません。何事もなかったかのようなそぶりを見せるばかりです。本当に何もなかったのかもしれないのに、何も言わない分だけ、半沢はそのように見えてしかたありません。

当時、幹子の白いスカートの緑色のしみに気付くにつけ、とれた把手を「素人らしいやり方でつけてあった」ハンドバッグを見るにつけ、多門が入院していた療養所で夜、「病室を脱け出して、林のなかで逢い引きする患者がいるというはなしを聞いたせいなのか」、それ以来、半沢は二人の間に何かがあったと思い込んでいるのです。

波津子については、もともと「安いお雛様みたいな顔した女の子」でしたから、その表情からは何もうかがえない部下でした。それがたまたま結婚相手に振られた彼女を慰めようとしたときに、はじめて彼女の口から個人的な事情を知ることになります。

ビーフステーキの夕食の後のゲームセンターでも、半沢の前で、波津子は「「畜生」／「馬鹿野郎」／と呟き、大粒の涙をこぼし」て感情を露わにします。また、二度目にベッドを共にしたときには、自分の腹の小さな突起を触らせながら、「軀のほうが思うようにならなかった」「半沢のバツの悪さをかばって、波津子は自分の一番のひけ目を教えて」、その表情なり動作なりで、半沢に自分の気持や思いを伝えているのです。

ただし、それはあくまでも一時的なものでした。波津子としては、ショックを受けたときに、誰でも良かったとは言いませんが、身近にいて優しくしてくれた半沢に甘えたいという思いがあったからでしょう。対する半沢も、「魔がさしたとしか言えな」い程度のことであり、「浮気は今までにも覚えがあるが、部下とこうなったのは初めてである。酒の上のことにしよう、と、次の日からは波津子と目を合わさぬようにした。知らん顔で通した」というのですから、何をか言わんや、です。

その後、半沢が危険を感じて別の部署に遠ざけた波津子の結婚が決まり、披露宴に呼ばれて再会したときには、すでに「波津子は、にこやかに受け、／「前の部長さん」／隣りの花婿を見上げた」ように、何事もなかったように振る舞います。そして、作品の最後で、半沢は「肩も胸も腰も薄い波津子も、あと二十年もたてば、幹子になる。幹子がなにも言わないように、波津子もなにもしゃべらず年をとってゆくに違いない」と思うのです。

このような周りの人々と比べて、半沢は自分をどう思っていたのでしょうか。「内心の動揺を覚られまいと振舞うとき、半沢の左頰は主人を裏切ってピクピクと痙攣する」、つまり言葉にはしなくても、内面が顔の表情におのずと表れてしまう正直者であると、思い込んでいたようです。この「左頰がピクピクする」という表現が作品のなかに何度か繰り返されることからも、他の登場人物との差異が強調されているといえます。

しかし、波津子との秘密を誰かに口外するわけでもなく、会社でも妻の前でも、極力何げなく振る舞おうとしている点では、妻や多門、そして波津子と何ら変わりがありません。そもそも、自分の秘密を進んで打ち明けるバカがどれほどいるでしょうか。程度差はあれ、半沢も含めて普通の人は牛のように生きているのです。そのことを半沢ははたして自覚しているかどうか…。

波津子の結婚披露宴が無事に終わり、それは半沢にとっては波津子とのかつての関係が妻の幹子や会社の関係者にバレずに済んだということですが、帰りのタクシーのなかで、なぜか半沢はふと「いい加減なものだな、という気がした」のです。これはいったい、何にたいする感慨だったのでしょうか。

単にバレなかったからいい加減だ、というのでは、辻褄が合いません。バレてしまってもおかしくないような、うしろめたい思いがすぐ顔に出る自分の様子に注意を向けようとしなかった人たちのことを、いい加減だと思ったのかもしれません。それは半沢の心のどこかで、犯してしまった罪にたいする罰を受けることを恐れていたからとも考えられます。

しかし、もし本当にバレてしまったら、半沢はいさぎよく罰を受け入れたかといえば、とてもそうなるとは思えません。とすると、自分のことは棚にあげて、周りには勝手な思い込みばかりしている半沢が、誰よりもいい加減とはならないでしょうか。

「半沢も負けずに肉にかぶりついた」ところで、この作品は終わります。この最後に示された動作は、これからは半沢も、周りの人と同様に、何も語ろうとしない牛の仲間に入ろうという決意を示しているように見えます。そうすることが、あたかもこれまでの生き方とは違った、真に人間らしい、あるいは大人らしい成熟した生き方であるかのように。

しかし、おそらくそうはならないでしょう。これまでの彼の半生から推測するかぎりでは、半沢が肉になったとしても、「しつこ」くて「凄みがあってしたたか」という、濃厚な味わいは、とても出せそうにないからです。せいぜい細切れとなって野菜炒めのなかに混ぜられるくらいが関の山かもしれません。

それにしても、「だらだら坂」でも「はめ殺し窓」でもそうでしたが、思い込み男にこういう結末を用意する向田は、はたして優しいのか、辛辣なのか、判断をつけかねるところです。

「マンハッタン」――「マンハッタン」は名前なのか

何か気になることがあると、無意識のうちにそれをあらわす言葉が繰り返し頭に浮かんでくるものです。この作品の主人公である睦男の場合、それは「マンハッタン」でした。「マンハッタン、マンハッタン」という反復が作品のほぼ全体にわたって七回も出てきます。

この作品における「マンハッタン」とは、スナックの店名です。最初は、「工事許可を示す板」に記された言葉として現れます。そして、それがそのスナックのママの亭主の「八田（はった）」という名字からとった名前であったことが、最後のあたりで明らかになります。「男（マン）＋八田（はった）」→「マンハッタン」というわけです。

スナックの名前として外国の地名を用いるのは別に珍しいことではありませんし、それに店の経営者の名前をひっかけるということもありえなくはないでしょう。インターネットの、さる名字データによれば、「八田」は全国で九二七位とのこと。一位の「佐藤」、三一位の「後藤」に比べてみれば少ないものの、一四九〇位の「半沢」よりははるかに多いので、その名字自体がどうこうということでもありません。ただ、わざわざ店名の由来が明らかにされる、つまり「マンハッタン」という名前へのこだわりが示されるのには、それなりの意図が感じられます。

「マンハッタン、マンハッタン」という反復は、「どこかで別の声がする。／「マンハッタン、マンハッタン」／はじめは、ゆるやかに廻るエンドレスのテープだった」とあるように、睦男みずからが口にしたわけではなく、彼の内側の「どこかで別の声がする」のです。いわば幻聴ですが、それが次からは「「マンハッタン」「マンハッタン」」という表記になり、その声も最初は「ゆるやか」だったのが、ひと頃は「歓喜の大合唱」のように烈しくなって、やがて「落ちついたもの」となり、最後は途絶えてしまいます。

かつてこの作品のタイトルを取り上げたとき、「「マンハッタン」は固有名詞であり、普通名詞が表すような実質的な意味を持たないことばです。その、いわば無意味なことばそのものが何かの比喩になっているのではなく、その無意味なことばを反復することが、結果的に全体として、この作品の主題として、主人公の睦男の生き方を表わす比喩たりえているると考えられます。だからこそ、「マンハッタン」が意味を持ってしまったとき、つまり「八田の姓からとった名前」であることを知ったとき、この話は終わるのです」と説明したことがあります（『向田邦子の比喩トランプ』新典社、二〇一一年）。

この考えに今も変わりはありませんが、それでは、なぜその言葉が他ならぬ「マンハッタン」なのかという謎に答えうるものではありませんでした。むしろ「八田」という名字による意味付けは、物語に分かりやすいオチを付けてみせるためという感が強いのです。

なぜ「マンハッタン」なのか。『向田邦子鑑賞事典』（井上謙・神谷忠孝編、翰林書房、二〇〇〇年）には、「超高層ビルが立ち並ぶニューヨークのめくるめくような街＝マンハッタン、そして瀟洒なバーで美女を相手に飲む知的なカクテル＝マンハッタンの味、それはまさに「マン＝男を、張る＝ハッタン」なのであり、意気地のない中年男の夢や憧れの領域に属し、同時にその通俗性や惨めさ、安っぽさを示すものでもあった」とありますが、当を得たものとは思えません。そもそも「知的なカクテル」とは、どんなものでしょうか。

マンハッタンは「カクテルの女王」と呼ばれるものですが、本物の女王相手ならともかく、たかがカクテルくらいで（？）男を張る必要はないでしょう。しかも睦男がそれを飲んだのなら、それなりのつながりも認められますが、彼がスナックで何を飲んだかはまったく記されていません。つまり、この作品におけるマンハッタンには、街もカクテルも、何の関係もないということです。

この謎を解く手掛かりとなりそうなのは、ともに反復される二十日鼠の比喩にあります。初めこそ「マンハッタン」という内なる声は「エンドレステープ」という比喩で描写されますが、その次からは「二十日鼠が日がな一日、小さな車を廻すように、それは睦男のなかで音を立てて廻っていた」「睦男のなかの二十日鼠は、今までになく盛大に車を廻している」「二十日鼠はゆっくりと車を廻していた」「睦男のなかで、日がな一日車を廻していた二十日鼠は死んでしまった」のように、「マンハッタン」と二十日鼠の比喩がセットで見られるのです。

「マンハッタン」という言語音の聴覚的なイメージだけでなく、二十日鼠の動きという視覚的なイメージによって、その時々の睦男の内面を克明に描写しようとしたと考えられなくはありません。しかし、「マンハッタン」と「二十日鼠」とをイメージとして結び付けるような要素は、それ自体同士にはまったく思い当たりません。

鍵は、「マンハッタン」と「廻す」ということばの発音の類似性。「マンハッタン」は、「マ〜ワッタ〜（廻った）」のもじりとみなしては、どうでしょうか。せわしなく「廻る」イメージのある物を探ったときに、二十日鼠が思い浮かべられたと推測されます。

睦男にとっては、妻が家を出たあと、ともかく停滞している自分の人生が新たに「廻る」ようなものとの出会いが必要でした。その出会いによって、たしかに人生が「マンハッタン、マンハッタン」（廻った、廻った）という実感が得られることを求めていたのです。

一人暮らしになった、ある日のこと、陽来軒でいつものように固い焼きそばの昼食を食べてから、「いつもの道を通ってアパートに帰」ろうとしたところ、トラックでその道がふさがっていました。「一旦そう決めると、固い焼きそばではないが暫くそれを続けないと落着かないところがあった」睦男は、「この道を通ると決めたら、どうしても通りたかった。ここで節を曲げたら、突っかえ棒は折れてしまう」と思い込み、無理に通りすぎようとしたとき、工事中の新しい店「マンハッタン」に出合います。

意地を張ったからこそ、たまたま新しくできる店を見つけたということからかもしれません。どんな人が営む、どんな店になるのかも分からないうちから、睦男は「昼間のぞき夕方また見にゆかないと気が済まな」くなってしまいます。そして「マンハッタン」という「車が廻っている間は、会社が潰れたことも、杉子に無気力体質ねと言われたことも、女房に逃げられたご主人というアパートの連中の視線も考えなくて済」むのでした。

あと二日で開店という工事現場で、上から落ちてきた工具が頭に当って軽い怪我をし入院した時でさえ、睦男は「正直にいえば、この程度の傷だったことが恨めしいくらいだった。いっそのこと、金槌でも落ちて、頭でもブチ割れていれば、「マンハッタン」と心中することが出来たのだ」と思ったのですから、「マンハッタン」という店がどうこうではなく、「マンハッタン」という言葉そのものにいかに執着していたかを示しているでしょう。

しかし、それも三か月だけで終わりを迎えることになります。「マンハッタン」という名のスナックが潰れることも、八田がママの亭主であることも、この作品の展開としてはある程度は予想できることです。重要なのは、所詮すべてが睦男一人の勝手な思い込みにすぎなかったということです。その端的な表れが、「マンハッタン」という店名に「廻った」という、虫のいい当て込みをし、それに我知らず浮かれてしまったことでした。

思い返してみれば、「どうしてこんなに執着するのだろう。／「マンハッタン」という名前に、特別な記憶や思い出があるのか、いくら考えても、理由はなさそうであ」るとか、「響きがいいからなのか、何でもいい、軀のなかに鳴るものが欲しかったのか」とかいう、ことさらな断わりが見られるのは、実際そのとおりでもあり、また「マンハッタン」に「廻った」という当て込みを暗示するためだったといえるでしょう。

作中、「マンハッタン」という言葉が最後に出てくるのは、「「マンハッタン」「マンハッタン」／睦男のなかで、日がな一日車を廻していた二十日鼠は死んでしまった」という箇所です。その直前に、スナックが「夜逃げ同様の店のしめかた」をしたことを知り、「このとき、睦男は、八田がママの亭主だったことを知った。「マンハッタン」は、八田の姓からとった名前だった」とありますから、それが原因で「マンハッタン」の連呼が止んだように受け取れなくもありません。さらにその前には、杉子との離婚の決断をし、「マンハッタン」のママとの「無気力体質同士」の良い関係を期待する睦男の気持が示されているのですから、なおさら読み手はそういう文脈に誘導されてしまいます。

しかし、どう考えてみても、ママとの関係は睦男の思い込みによる一人相撲にすぎません。あるいは、睦男としても現実的な問題としてではなく、そういう期待を抱けている、「マンハッタン」(廻った)状態そのものが大切だったのではないでしょうか。そうでなければ、ママの営業用の素振りにも八田の不自然な存在感にも、とっくに気付いていてよかったはずであり、実際に気付いていたのかもしれないのです。

「「マンハッタン」「マンハッタン」/睦男のなかで、日がな一日車を廻していた二十日鼠が死んでしまった」というのは、睦男の思い込みが文字どおり思い込みだったことを無音のうちに告げるものでした。

展開としては、そこでこのドラマは一気に終わるのが自然のように思われます。ところが、すぐ連続してさらにもう一つのシーンが付け加えられます。その夜、ドアがノックされる音に、睦男はママが「絵を返しがてら、詫びに来たんだ」と、またしても思い込んでしまいます。どこまでも懲りないのです。

もちろん、ママは来るはずもなく、訪ねて来たのは「見馴れない老人」でした。それが「二十年前にうちを出た、父親ではないのか」というのも、じつは睦男の思い込みなのかもしれません。そして本当のラストは「死んだ母親がよく言っていた。／「お前のすることはお父さんそっくりだよ」／ノックはまだ続いている」です。

余分ともいえる、この父親らしき老人との一シーンをわざわざ付け加えたのは、なぜでしょうか。睦男の内なる声の「マンハッタン」はいつも一回では終わらず、二回続けて出てくるのでした。一回めの「マンハッタン」は父親の、二回めは睦男のだとすると、親子の因果は「マンハッタン」となりそうですが、さて…。

「犬小屋」——カッちゃんは本当に魚くさかったのか

作品冒頭部で、二人の男が比較されます。

一方は、「ペンを握る人のものではなく、からだを使って稼ぐ男の指」を持つカッちゃんという男であり、子どもを連れて動物園に行った帰りのようです。もう一方は、主人公である達子の夫であり、「大学病院につとめる麻酔医」で、どちらかといえば、からだというよりもペンを握る人の指をもつ部類に入るでしょう。仕事が休みの日は家で寝るばかりで、「五つになる長男はまだパンダを見てい」ません。

この二人の男は、匂いという点でも、魚の匂いと麻酔の匂いが比べられています。このことは作品の後半に出てくるのですが、単に冒頭部と呼応した形で、職業の違いを表すためではないでしょう。なぜなら、作品中に、必要以上と思われるほどたびたびカッちゃんの魚くささの描写が見られるだけでなく、達子が見合いで結婚を決めた理由も、さもカッちゃんの匂いのせいと受け取れるように語られているからです。カッちゃんといえば魚の匂い、このつながりには何か特別な意味が込められていると考えられます。

カッちゃんが魚くさかったのは、魚富という魚屋で働いていたからとなりそうですが、魚屋そのものが魚くさいのは当然とはいえ、そこに働いている人自身までもが魚くさい、または魚屋だから毎日魚を食べていて魚くさい、とはならないでしょう。カッちゃんの体臭が魚くさかったということでもないはずです。事実、あるきっかけから、カッちゃんが仕事帰りに達子の家に立ち寄るようになった当初は、達子の家族の誰もカッちゃんを、魚くさいと感じて、いやがるようなそぶりはありませんでした。むしろ、達子は「背が高くて様子のいい青年で、ゴム引きの前掛け姿から洒落たジャンパー姿にかわって玄関に立ったときは、達子は大学にいっている兄の友達かと間違えたほどで」でした。

それが一変したのは、久しぶりに帰宅した兄の何げない一言によってでした。「着替えを取りに帰った兄が、影虎に／「お前、匂いが変わったな」と言ったのは、たしかその頃だった。／顔をなめようと、黒くとがった口吻を寄せた犬を、兄は手で押え顔をそむけながら、／「魚くさくなったぞ」／と呟いた」。

この発言をきっかけに、不意にカッちゃんという存在への違和感が達子の心のなかに入り込むようになりました。しかも、「兄は母親からカッちゃんのはなしを聞くと、／「いいの、見つけたじゃないか」／からかうような口振りで笑いかけ、これで安心して出てゆける、といわんばかりに、いつもより大きい包みをかついで出ていった」ことから、達子は、恋愛対象としてのカッちゃんを否応なく意識させられてしまったのです。

その時あらためて、「カッちゃんはたしかに便利な存在だった」ということに思い至ります。「便利な存在」というのは、相手を対等に見ているとはいえません。カッちゃんを、あくまでも達子の家族よりも下位の存在、あるいは部外者とみなすことで成り立つ見方です。そして、その点では、カッちゃんと影虎という犬は、「便利な存在」か否かの違いはありますが、似たような扱い方をされていました。

「もともと影虎は、達子の兄が友人のところからもらってきた」秋田犬でした。「来た当座は猫ほどの大きさだったのが、みるみる大きくなり、ブラシをかけるのも散歩も、馬鹿にならない大仕事になって」しまい、「正直いって大きな犬は、うち中の厄介もの、といったところがあ」りました。実際に家族の扱いは、犬小屋も「出来合いの一番安いのを買って間に合わせていた」くらいですし、犬の散歩も餌も毛の手入れもなおざりで、とても可愛がっていたようには見えません。影虎もそれほどなついていなかったようです。

それが、「カッちゃんが面倒をみてくれるようになると、餌と手入れがいいせいであろう、影虎は見違えるほど毛艶がよくな」り、影虎も「カッちゃんになつき、アラを入れる石油カンを持った彼の姿が見えると、大人の腕ほどもある太い尻尾を、犬小屋の羽目板に打ちつける音が、茶の間にいても聞えるほど」になっていました。

カッちゃんが影虎のために大きな犬小屋を作った日、お礼にと、はじめて達子家の夕食に呼ばれます。そのとき、食事が終ってもなお立ち去りがたいように、「泣きべその目で、カッちゃんは犬地図のはなしをし」ました。犬は「どこにご馳走をくれるうちがあり、どこに憧れの牝がいるか、ちゃんと頭の中に描いてあるのだ、としゃべった」のです。そして、カッちゃんがようやく帰ったあと、「『犬地図ねえ』／と呟いた母に、／「ありゃ自分のことだな」／父は、よく判っているようであった」とあります。

ここからは、達子だけではなく、両親もまた、カッちゃんを犬並みに見ていたことがうかがえます。意図して馬鹿にしているということではありませんが、単なる犬の話題と考えずカッちゃんに結び付けてしまうところには、自分たちとは違う存在であるという意識が働いていたといえるでしょう。「父は、よく判っているようであった」という推測は、達子に寄り添うものであり、達子自身もまた、影虎同様、カッちゃんのことを持て余していたことが知れます。

ところが、「カッちゃんは、三日にあげず顔を出」し、影虎の世話をし続けて、達子一家とそれなりに親しくなるにつれ、いつしか「父をお父さんと呼び母をお母さんと呼」び、「達子のことも、母と同じにタッちゃんと言」って、あたかも身内のように振る舞うようになります。達子にしてみれば、そのようにしてカッちゃんが、厳然としてあるはずだった境界を越えて近づいてくるだけでなく、せいいっぱい格好をつけて達子に好かれようとし、達子に好意を抱いていることをあからさまに示すようになると、当惑を通り越して、ともかく遠ざけたいと思うのも無理なかったのではないでしょうか。

カッちゃんが家に来るようになって一年が過ぎたとき、ついに達子とカッちゃんの間に事件が起こります。家に一人でいた達子がワインを飲んだあと、うたた寝をしていたところを、カッちゃんに飛びかかられたのです。そのときとっさに、「夢うつつで、犬を押しのけ、口のまわりの熱い舌を手で払いながら、／「魚くさいよ、お前は」／言いかけて気がついた。／犬ではなく、カッちゃんだった」という、達子の勘違いと気付きには、はからずも犬もカッちゃんも同じようにみなす達子の気持が如実にあらわれています。

最初に、襲ってきたのがカッちゃんではなく影虎だと思ったのは、さすがにカッちゃんがいきなりそんなことをするはずがないという油断があったからでしょう。しかし実際はカッちゃんだったにもかかわらず、「魚くさいよ、お前は」と達子が言いかけたのは、なぜでしょうか。それは、達子のなかでは、魚くさいという感覚イメージで、影虎とカッちゃんが分かちがたく結び付いていたからと思われます。

事件の直前に出てくる、「カッちゃんと影虎が出てゆくのを窓から見送って、からだにまとわりつく魚の匂いを落すように、シャワーを浴びた」という場面は、たとえその前に影虎の餌にするために「いつものように、魚を煮る匂いがうちの中に漂った」としても、その匂いが「からだにまとわりつく」ほどになるとは考えにくいことです。そもそもそのような匂いがいやだったからこそ、洗い落したいと思ったのです。

一般に、男性よりも女性のほうが匂いに敏感です。そして女性の場合、往々にしてその匂いにたいする好悪の如何によってだけでも、発生源となる人や物への対応が歴然と異なってきます。それを勝手な思い込みだと言ってみたところで、そう簡単に変えられるような性質のものではないようです。

匂いのなかでも、魚くさい匂いというのは、強烈ではないものの、しつこく生臭い匂いのことで、よほどの魚好きでないかぎり、普通はけっして好まれる匂いとはいえないでしょう。まして、生臭い匂いは性的な関係を彷彿とさせるものですから、年ごろの女性が、そのような匂い＝雰囲気を感じさせる男性を、生理的に受け付けないのも、納得がいくところです。

その意味で、「魚くさいよ、お前は」という達子の一言は、男にとっては、最悪の拒絶の言葉となるにちがいありません。それでも、カッちゃんは「失礼します」と言って「尚もかじりついて」きたのですから、達子の気持にはうすうす気付いていながらも、一度だけでも思いを遂げたかったのかもしれません。

カッちゃんがその事件を契機として去った、まさに「その年の暮に達子は麻酔医の卵だった今の夫と見合いをし」、そのまま結婚することになりました。達子が「気持を決めた原因のひとつは彼のアルコールの匂いだったかも知れない」とあります。彼女のなかで、相手が身分的に釣り合うという計算もあったとしても、それ以上にいかにその魚くさい匂い、つまりカッちゃんとのことが、払拭すべき出来事として後を引いていたかが分かります。

それからほぼ十年、生臭い匂いとは対照的な消毒薬のアルコールの匂いのする男を夫にしている達子ですが、それで自足しているかといえば、作品からはそのように素直には受け取れません。ただ、今もなおカッちゃんのような人々を見下そうとする思い込みにはまるで変わりがないようです。

作品冒頭部で、電車内でカッちゃん家族を見かけたときも、「日頃はつつましく暮らしているが、子供にせがまれ、精いっぱい着飾って動物園に出掛けた帰り、といった感じだった。ただひとつ不似合いなのは、高価そうなカメラ」というような見方をしていますし、妻についても「膝頭を開け足を菱形にひらいて眠りこけていた。肥って呑気そうな女である」と、けっして親密とはいえない評価をくだしているのですから。

そして、おそらくはそういう思い込みによる比較の形でしか、達子は自分のプライド、自分の幸せを感じることができないのではないでしょうか。

「男眉」――祖母は麻につらく当たったのか

祖父母にとって、孫というものは、目に入れても痛くない、無条件で可愛い存在ではないでしょうか。この作品の主人公である麻も、祖母にとっては自分の、しかも内孫の初孫ですから、可愛くないはずがない、そう思うのが普通でしょう。にもかかわらず、なぜかこの祖母は麻につらく当たっているように描かれています。

その原因は、麻の男眉にありました。「麻のようにほうって置くとつながってしまう濃い眉は男まみえというのだそうな。祖母は、眉のことをまみえと言っていた。／地蔵眉の女は素直で人に可愛がられるが、男眉に生まれついた人間は、男ならつぶれた家を興すか、大泥棒、人殺しといった極悪人になりかねない。女は亭主運の強くない相だという」。

その言い分に一般的な真理があるかどうかはともかくとして、自分の幼い孫に面と向かって、たとえ悪気はないとしても、こういうことを、「お経のように節」を付けて言う祖母というのは、いったいどういう神経をしているのかと思わされます。一方、「素直で人に可愛がられる」地蔵眉の妹にたいしては、祖母がきつく当たるような場面はまったく見られません。祖母という近しい人から、よりによって対照的な妹と比べられる麻にとって、男眉がどんどんコンプレックスになっていくのは当然のことでしょう。

麻が小学校一年のとき、妹が生まれますが、「立てきった障子の向う」から最初に聞こえてきたのは、「赤子の泣き声」とともに、「よかった。よかった。こんどの子は地蔵まみえだ」と言う「祖母や、聞き覚えのある産婆の声」でした。そのとき、麻はまだ「地蔵まみえ」という言葉の意味を知らなかったのですが、祖母は孫の麻の男眉を、前々からいかに気にかけていたかが分かります。

麻にたいする祖母の当たりのきつさは、言葉だけでなく行動にもあらわれています。「麻は両眼の間で光る毛抜きが気になって仕方がない。十日に一度ほどお世話になるのだが、ついこの間、〆鯖を作るとき、祖母が小骨を抜いていたのはこの毛抜きだった」。おそらくはもともと麻の眉毛専用のものではなく、魚以外にもいろいろと使っていたのかもしれません。麻でなくても、自分が魚などと同じ扱いをされているようで、けっして愉快な気分はしないでしょう。それを祖母は平気で使って、ごまかしていたのです。

この家で男眉なのは、麻だけではありませんでした。「母は泣いたあとの目をしていた。麻は、母も男眉であることに気がついた」。つまり、麻の男眉は母親ゆずりだったのです。

祖母は麻に向かって、麻の母のことを否定的に話します。これも麻にとっては嬉しいことではなかったはずです。祖母は、「よそのうちの縁側は、茶色くてピカピカ光り、おろし立ての靴下だと滑ったりするのに、うちのはささらで洗ったようにけば立っている。母は、安普請の借家で木材が悪いからだと言っていたが、祖母は、お前のお母さんのせいだと陰口をきいていた」。それは、娘の麻も認めざるをえないことではありました。

ちなみに、向田の「あだ桜」というエッセイ(『父の詫び状』所収)では、「祖母が、奥歯を噛みしめるような顔をしながら、たわしを使って疳性に洗うせいか、お櫃の赤胴のたがは、顔がうつるほどに光っていたし、木の肌は、洗い抜かれてささらのように磨減っていた」と、とてもよく似た描写があります。この作品の母のモデルは、向田の母ではなく祖母のほうだったようです。

また、向田家と同様、麻の一家に父方の祖母が同居していることになっています。嫁と姑というのはいつの時代も不仲になりがちなものであり、麻の家も表面的にはともかく、実態は似たようなものだったのかもしれません。祖母が、麻の男眉にたいして、あれこれ言うのも、男眉だからというより、同じく男眉である母への不満のはけ口だったという可能性もあります。

祖母は、女の男眉の特徴を「亭主運の強くない相だ」と言っていました。麻の夫は、しばしば徹夜で麻雀をしては朝方帰ってくるような男です。その程度で済んでいるなら、とくに「亭主運」が悪いとまではいえないでしょうが、麻の父も同じ程度の道楽者でした。祖母は、そういう夫の好き放題の行動を止めることのできないでいる嫁のことを、「男眉」という言葉を使って間接的に非難したのかもしれません。と同時に、よりによって自分の息子の妻を「亭主運」と結びつけてしまうところからは、嫁とだけではなく、自分の息子との仲も良好ではなかったように思われます。

ここで気になるのは、それでは祖母の眉はどうだったのかということです。もし男眉だったとしたら、ピッタリくるような気もしますが、自分も男眉でありながら、麻にきつく当たるのはおかしいでしょう。では、地蔵眉かといわれると、「素直で人に可愛がられる」という性格に一致しません。とすれば、祖母はどちらでもない、ごく普通の眉だったのではないでしょうか。とすれば、あくまでも眉のありように関する俗信に従うなら、祖母は、男眉の麻と母の二人に比べ、地蔵眉ほどではないとしても、それほどきつい性格ではなかったと考えられます。

となると、孫にたいする祖母の当たりのきつさというのも、祖母自身がどうこうというよりも麻のほうの問題ではないかということになります。

赤ん坊の頃の妹の眉を見て、麻には「みんながよかった、可愛らしいとほめそやす地蔵眉はこれなのか。別にどうということはないように思えた」のでした。その時点からすでに、地蔵眉の妹と張り合う気持を持ったことになります。大人になってからも、麻は健気、妹は哀れのタイプと周りから見られるのにたいして、「すばしこそうに見える麻が、子供もないのに、二十年をただぼんやりと、夫のことで気を揉みながらこれといったものも身につかず過ごしてしまったのに引きかえ、妹は、親戚の女では誰よりも早く車の免許をとり、造花と着つけの教師の免状を持っているらしい」などと比較してしまうのです。

やがて、妹だけにとどまらず、「地蔵眉」という言葉から「地蔵」そのものにまで矛先を向けることになります。作品冒頭部の、うたた寝をしていたときに見たおかしな夢にも、夫の麻雀相手として、「おだやかな顔」をして、女の笑い声をあげる「石のお地蔵さま」が出てきますし、結末部にも、お地蔵さまに似た「百姓のおじいさん」や「近所にいた白い雌犬」や「汽車の中で見かけた若い女」が次々と出てきます。どれも、麻にとっては「あの人のいい顔は、どこか胡散臭い」と見えてしかたありません。もはや一種のノイローゼ状態といってもよいくらいの思い込みです。

そういう麻にたいして、夫は、濃い眉毛も含め「毛深い」ことに関しては、「この麻の一番のひけ目をからかうことはなかったが」、「夫の好みは、骨の細い色白の女であ」り、「その種の女たちは、声も甘く、はっきりしないもの言いをする。髪の毛も少し茶色がかってやわらかそうである。眉もうすい」というのですから、何かにつけ、それとは正反対の麻に、「お前は曲がない」とか、「骨壺ひとつでは納まらないぞ、お前は」とか、冗談めかしてはケチを付けます。

振り返ってみれば、麻の男眉について、祖母や夫はとやかく言いますが、逆にそれをかばったり励ましたりするような人物は周りに一人も出てこないのでした。父も結婚前の麻の夫に「毛深い」ことをもらしたようですし、母も妹も麻の慰め役になるというのはきわめて考えにくいことです。

麻自身も、眉毛や性格については十分自覚していて、「眉のきつい自分の顔や骨太のいかつい体つき」では「気の利いたお愛想のひとつも言」えないし、いつも「不機嫌な顔」で、妹のような「含み笑い」も「一生出来ない」と思い込んでいました。そして、作品最後の、「あけ方、帰ってきた」夫を迎える場面では、「抜いても抜いても、麻の眉は、男にうとんじられる男眉なのであろう」という、居直りにも近い述懐が見られます。

それもこれも、元はといえば、祖母の言葉がきっかけになったことは、間違いないことですが、祖母がいつも麻につらく当たってばかりだったとは考えられません。というよりも麻が幼い頃にもっとも面倒を見てくれたのは、おそらく祖母でしょう。妹が生まれたときも、「でこぼこに凹んだアルミの鍋を渡す祖母の口調はいつになく有無を言わさない物があって、嫌だとは言えなかった」という描写があり、この「いつになく」という表現からも、そのことがうかがえます。麻にたいする言葉も行動も、孫の行く末を本気で案じてのことと思えなくもありません。

にもかかわらず、祖母がつらく当たるように描写されているのは、もともと麻自身が、思い込みによって、負の物の見方を引き込んでしまうような性分だったことを印象付けるためだったのではないでしょうか。別の言い方をすれば、麻自身のありようが、「男眉」をもつ女性の運命を裏付けてしまっているということです。

祖母にとっては「無条件で可愛い存在」であるはずの孫だとしても、孫のほうがその愛を無条件に信じず、何かにつけ、ひがみっぽく受け取り、こだわってしまうようでは、両者間にある普通の愛情関係は成り立ちようもありません。麻が祖母に反抗する場面は見られないものの、あるいは祖母はそういう麻のことを可愛げのない孫と内心思っていて、つい男眉のことを口にしてしまった、ということだったのかもしれません。

この作品において、祖母はじつは、最初のエピソードに現れるだけで、それ以降に出てくることは一度もありません。その後の生死さえもあきらかにされていないのです。もし祖母の言葉が麻のトラウマになっていたとすれば、なにか事あるごとに祖母のことが思い出されてもよいはずなのに、一言も触れられずじまいです。男眉については、「掘りごたつの上に置いてある手鏡と毛抜きをあわてて隠した」というラストまでひきずっているのに、その言葉を覚えさせた祖母のことは忘れ去られてしまったかのようです。

これはつまり、かりにそのことで麻が、自分につらく当たったたと思って祖母を怨むことがあったとしても、歳をとってから見れば、幼い頃のほろ苦く、遠い記憶の一つ程度でしかなかったということでしょう。

「大根の月」――昼の月とは何なのか

昼の空にある月というものを見たことがあるでしょうか。天候や月齢によっては見えにくい時もありますが、晴天であれば、満月以外なら見えるのです（厳密には、真昼時限定ならば四分の一以上が欠けている月のようです）。

この作品のタイトルの「大根の月」というのは、夜ではなく昼に見える月のことです。結婚前、主人公の英子が秀一と一緒のときに、「ビルの上にうす青い空があり、白い透き通った半月型の月が浮かんでいた」のを見て、英子は「あの月、大根みたいじゃない？切り損なった薄切りの大根」と秀一に話しかけたのでした。その形や色合いが切り損なった大根に見えたことから、昼の月が「大根の月」にたとえられたのです。

それは、「結婚指環を誂えに出掛けた帰り」でした。最初に秀子が「あ、月が出ている」と言うと、秀一は「なに言ってるんだ。昼間、月が出るわけないじゃないか」と信用しませんでした。しかし英子に釣られて空を見上げると、「『本当に出てる。昼間も月が出るんだなあ」/びっくりしたように呟いた」のでした。

そのとき、「英子は、体の奥からなにかが突き上げて」くるほどのいとおしさを感じ、「あとになって考えると、これが一番幸せなときであった」と思い返すことになります。

つまり、昼の月は、当時の二人にとって幸せのシンボルだったのです。

ところが、ある事件をきっかけに、英子にとって「上にも、見たくないものがある」と思わせる、不吉なものに暗転することになります。それは、「切り損なった薄切りの大根」という同じ比喩が、昼の月からお中元のハムに変わることによってでした。

最初のたとえは、英子が子どもの頃、祖母に仕込まれた「膾にする千六本」を作る際の、「まず丸いままの大根を紙のように薄く切るのだが、これがむつかしい。やってごらんと菜切り庖丁を持たされ、言われた通りの手つきで庖丁を動かすのだが、分厚くなったり、切り損なって薄切りの半月になってしまう」ということに由来します。そして、その話の後に続く「祖母に見つかると、母親ゆずりの手脚気の血だ、と言われる。母親のそしりを聞くのが子供心に嫌だったのであろう、英子は半月が出来るとあわてて口に入れたものだった。そのせいか、大人になってからも、大根を切っていて切り損いが出来ると、ひとりでに手が動いて食べてしまう癖がついた」というのが、後の事件の布石となっています。

結婚して六年後のある日、英子が台所でハムを切っていた時のことです。はしゃいで飛び込んできた長男の健太が「まな板の上に手を伸し」たところで、「「危いでしょ」／言ったはずみに手許が狂って切り損い、ハムは半月型になってしまった。ひとつなぎの動作で、半月を口に入れた」直後に、健太の人差指を庖丁で切り落としてしまいました。

処置の不運が重なって、結局、健太の指が元に戻ることはありませんでした。それをきっかけに、同居していた姑は英子から健太と台所を奪い、夫も姑の言いなりで、その事件が元で流産した英子をかばおうともしませんでした。英子はその状態に耐え切れず、離婚を前提として、家を出て一人暮らしを始めます。

明るい昼の世界では、月は周りが明るいので、目立ちませんし、意識されることもほとんどないといえるでしょう。秀一が昼の月を知らなかったのも、「あくせく下ばっかり見てきたからなあ。昼間、空なんか見上げたことなかった」からですが、彼一人に限ったことではないと思われます。

それが夜の世界となると、月は唯一大きく明るい光を放つ存在ですから、いやでも目に入ります。それどころか、闇の道を導くしるべとして、あるいは誰かをしのぶよすがとして、古来、重んじられてきました。今でも、お月見の満月はもとより、月蝕やらブルームーンやら話題にあがることがありますが、いずれも夜の月に関してです。

このような昼と夜それぞれの月にたいする意識の違いの前提として、日常性という観点から見ると、夜は月があること自体が当たり前つまり日常的なことであり、昼は月があると驚くつまり非日常的なことであるということが指摘できそうです。

夜の月は日常的ですから、普通その存在を疑うことはありません。だからそのうえで、月の形や動きが問題にされるのです。一方、昼の月は非日常的ですから、その存在に気付く時には、なんらかの特別な思いを抱くことになります。

この作品においても、英子が思わず「あ、月が出ている」と口に出したのは、もちろん昼の月を知らなくてビックリしたからではありません。都心のデパートまで「結婚指環を誂えに出掛けた」、まさにその時の、いつになく弾んでいた英子の気持が、たまたま目に入った昼の月の非日常性と重なったからと考えられます。

しかし、非日常は一時のことだからこそ非日常なのであって、長く続いてしまえば、それは日常と化してしまいます。この作品で結婚後の生活を描く場面には、もう昼の月そのものは出てきません。それが想起されるのは、まさに非日常としての出来事が起きてからのことです。そしてそれは、同じ非日常でも、不幸の方でした。

日常ということは、なにか非日常的なことによって、あらためて意識されるものです。日常はそれを意識しないからこそ日常なのです。したがって、昼の月という非日常は、昼という日常を意識させることになります。幸も不幸も、そうと気付かされるのは、その逆の非日常的な出来事によるわけです。

多くの人々は、昼間は仕事なり家事なりに励んでいるもので、専業主婦となった英子も、そうだったはずです。夫婦の営みもごく普通に夜に行われていたのでしょう。どちらもそれぞれの然るべき時間帯だからこそ、それぞれにきわめて日常的なことです。当然ながら、それが逆転すれば、非日常的になります。

この作品では、英子と秀一の二人が関わるところには、夜という場面設定がほとんど出てきません。唯一、健太の一件以来しばらくして、夜中に「一度だけ、スタンドを消してから手を伸してきたことがあったが、すぐに手は引っ込んだ」とあるだけです。それが昼となると、作品の終り近くに、「店を出ると秀一はいきなり英子の手首をつかみ、黙って歩き出した。そのまま、近くのラブホテルと呼ばれる一軒に入った」のは、「よく晴れた昼下がりである」のように、わざわざ「昼下がり」という時間帯が示されているのです。これは作品ラストの「昼の月」を出すためともいえますが、あくまでもそれを非日常的な関係として設定しようとしたからとも考えられます。

英子にとっては、昼であれ夜であれ、日常的な生活＝幸せを求めるとしたら、それはごく普通の家庭生活にあるのであって、秀一との関係についても、家庭というものを抜きにしては成り立ちません。しかし、そのようにして、英子がふたたび秀一との暮らしを保つためには、家庭が抱える日常のすべて、「一番おぞましいもの」も含めて、受け入れなければなりませんでした。

「戻ってくれ。たのむ」という秀一の言葉に、その選択を迫られた英子は、作品最後で、昼の月が出ているかいないかに賭けようとします。初夏の頃であり、よく晴れた昼下がりならば、昼の月は見える可能性が高かったでしょう。それなのに、最後の一文は次のように語られます。「空を見上げて、昼の月が出ていたら戻ろうと思い、見上げようとして、もし出ていなかったらと不安になって、汗ばむのもかまわず歩き続けた」。

このラストは、一見、英子が家庭に戻ろうと決意しているように受け取れます。直前の英子の心の動きから考えれば、自然な成り行きでしょう。ところが、じつは家庭に戻ってまた同じ生活をする決断にまでは踏み切れていないのです。

「もし出ていなかったらと不安になっ」たのは、むしろ戻らないことにたいする不安であり、空を見上げなかったのは、逆に、戻るという現実を回避しようとしたからです。結局、「汗ばむのもかまわず歩き続ける」英子は、この決断を先延ばししているだけであって、そのかぎりでは、秀一との関係も、もし続けるとしたら、昼の月のように非日常の形でしかありえないことを示しています。

このような結末を迎えることになった英子の思い込みは何だったでしょうか。その核となるのは、庖丁にたいする思い込みでしょう。秀一を喜ばせたのも庖丁であり、健太を傷つけたのも庖丁でした。それもこれも、英子の庖丁にたいする、尋常ならざる思い込み＝こだわりが元になっていました。そのせいで、英子は、人生を翻弄されることになったのです。

「リンゴの皮」――かつらは何のために出てくるのか

主人公の時子がかつらを手にしたのは、弟の住まいを訪ねるために出かけたとき、途中の渋谷駅に予定より早く着いてしまったため、たまたま立ち寄ったデパートのヘア・ヴィグ売場においてでした。

「せっかくだけど、この次にするわと言いかけて、不意に気が変わった。／菊男のうちへこれをかぶってゆくことにしよう。／「お義姉さん、その頭どうなすったの」／菊男の妻の益代が頓狂な声を上げてくれれば、あとは気まずい思いをせずに話がほどけてゆくだろう」。こんな理由でかつらを購入したのです。

「髪を分けると白いものが目につくようになってい」ましたが、「急の外出用にかつらも悪くない」と思う程度でした。しかも、一個二、三万円もするのですから、普通なら試すだけで終わるでしょう。「不意に気が変わった」というのは自分への言い訳であり、それほどに時子は弟の所を訪ねることに抵抗があったということです。

言うまでもなく、かつらは作り物であって、自分の地毛にたいしては偽りのものです。しかも時子は、あえて人毛でなくナイロン製という人工のほうを選びました。いざかぶってみると、「不自然で品が悪く見え」、「頭のお面のようでいささか薄気味悪く」、「ショーウインドーにうつる姿も、自分によく似た他人のよう」に見えたとしても無理はありません。

そもそも、かつらを買ったデパートという所には、「家族で買い物」というイメージがあり、時子はデパートのことを「さまざまな音楽やことばが、子供の泣き声が飛び交う、時子にはすべて縁のないもの」と思っています。そういうイメージのデパートで、あえて手に入れたかつらだからこそ、それをかぶることによって、普通に家庭を営む弟のところへ行けるような気がしたのではないでしょうか。

しかし結局、弟一家の住む「公団住宅の階段を上り、ドアの前まで行ったことは行ったのだが、ベルを押さずに帰ってきた。換気扇から魚を焼く匂いが流れてきたせいである。夫婦に子供二人。四人家族が四切れの魚を買って焼いている。姉弟でも、もう割り込む余地はないのである。／こうなることは判っていたような気もする」。

元はと言えば、新しい住居の頭金を借りたいという弟の頼みに応えるための訪問だったのですから、弟夫婦は当然、時子を歓迎したはずです。にもかかわらず、土壇場で時子が臆してしまったのは、単にお金を貸すことだけが目的ではなかったということです。「判っているくせに時分どきに出かけたのは、自分に対する言いわけなのか、傷の痛みをたのしんでいるのか」、割り切れない思いがあったのでした。

弟のような生活をうらやましく思ういっぽうで、そのために、何であれ「ほどほど」で済ませ、「手にあまるものは見ないで暮す」ような生き方は、自分にはできそうにないことを、時子は分かっていました。それでは、弟とは「正反対」の生き方が自分にとって納得できる本物なのか、それとも演じているだけの偽りなのか、時子自身、それも判断を付けかねていました。その真偽のほどを、時子はかつらによって試そうとしたのかもしれません。かつらという偽りが、弟家族にたいして偽りとしての役割をはたすことができたなら、弟にとっての偽りは、逆に自分にとっての本物とみなすことができるかのように。

しかし、その結果があきらかになる前に、弟に渡すはずだった百万円とともに、帰ることになります。それは、「手にあまるものは見ないで暮す」弟なのですから、かつら＝偽りに気付いたとしても、何も言わないことが予想されたのです。そして、かつらと見られなければ本物とされてしまう、つまり自分にとっては偽りの生き方になることを恐れたからではないかと考えられます。「かつらで重たくなっている頭ではすぐには割り切れなかった」とありますが、時子はその恐れをうやむやにしてしまいたかったのでしょう。

「帰り道は、頭もりんごも重いので、団地の入り口から戻り車のタクシーを拾った。乗り込もうとしたところ、ドアのところの天井に、かつらが引っかかって」、自分一人では取れなくなってしまいます。「笑いをこらえて手を貸してくれた人に礼を言い、かつらを掌にのせて、夜の街を走って帰ってきた」。

この場面からは、時子のその時の自虐的、自嘲的な気分を読みとることができます。へたに自分を試そうとするから、このような失敗をしてしまうのであると。しかし、それならば、自信をもって自分の生き方を肯定できるかといえば、それも危うくなってきます。

時子の自室にある壺であれ鉢であれ、「身分不相応にいいものであ」り、「色も形も吟味して、苦労して手に入れたものばかりで、「家具もクッションも、カーテンの色も、タオルの柄にいたるまで」、気に入ったもので統一し、気に入らないものは、洋服であれ犬であれテレビ番組であれ電化製品であれ、頑として拒んできました。そういう生き方を、これまでは良しとしてきた時子でしたが、今や「こんなことばかり気にして三十年を暮して来たような気がする」、「こんなことが一体、何だというのだろう」という疑念にかられます。付き合っている男とのことに関しても、「差しあたって、幸せなのか不幸せなのか時子にも判らないが、今日のところは幸せとして置こう」と、最終的な判断を保留しようとします。

帰宅後、「居間へゆき、壺の枯れた花を捨て、中に百万円の札束をかくした。花の代わりに、捧げ持ってきた明るい栗色のかつらをふわりとのせた。白い壺は、下ぶくれの若い女の子のようで、かつらがよく似合う」。そして「窓をあけると、十二月の夜の風が吹き込んで、壺にのっている栗色の髪をなぶるように揺すっている。陽気な生首のように見える」。

このような時子の行動なり心理なりには、尋常ならざるものが感じられます。死んでもなお顔が陽気に見えるとしたら、不気味以外のなにものでもありません。「陽気な生首」は、それゆえに幸せな人生を送ることができたことを示すことにはならず、むしろその反対でしょう。「かつら」も、壺で出来た顔も所詮、偽りのものならば、かりに幸せだとしても、それは偽りの幸せでしかありません。

普通に戻ろうと思いかけた道も、良かれと思い込み生きてきた道も、自分にとっては、どちらも偽りかもしれないということに思い至った時、時子は途方に暮れます。その中からじわじわと生まれつつある狂気がほの見えるのが、りんごの実を窓の外にほうり投げ、皮のほうを口からぶら下げるという、ラストの鬼気迫る場面です。

投げられたりんごの描く放物線は、時子が大学一年、弟が高校二年のとき、引っ越し先に二人だけで夜を過ごしたときの思い出と重なります。寒くて不安な一夜、たまたま用を足しに来た男たちがくれた「小さくて冷たい赤いりんごが、あの晩、姉と弟を安らかに眠らせてくれたことだけは本当である」と時子は回想します。

それはまだ、弟と生き方を共有できる頃でした。男たちが突然訪ねて来たとき、「弟は海中電灯の光の輪から時子をかばうようにして、六畳へ押しやった。小声で、／「姉ちゃん、出るな」／ひとりで玄関の戸をあけた」とあるように、弟は姉をかばい、「手にあまるものは見ない」ではなく、果敢に立ち向かおうとしていた頃でした。

それがいつ、どのようにして変わってしまったのか。その手がかりとなりそうなことは、何も描かれていません。ただ知りうるのは、姉と弟とはまったく違う生き方をすることになったという現実だけです。同じりんごの放物線が、かつては姉弟の二人を安心させたのにたいして、今は時子一人を狂気に導こうとしているのです。

「りんごの皮を口からぶら下げ、窓の外に向って、りんごの実をほうり投げた」のは、けっして時子のウッカリからではないでしょう。弟は人生の実りを手に入れつつあるのに、時子はそれを手放そうとしているという、象徴的な対照を示すためと考えられます。

この異様なラストの雰囲気をお膳立てしているのが、直前に出て来る、かつらと壺で作られた生首に他なりません。それは時子の行く末を暗示しているようでもあります。その生首を構成するかつらは、偽りという意味で、非常に重要なモチィーフになっています。

高島俊男『メルヘン誕生』(いそっぷ社、二〇〇〇年)は、「この小説が精緻にできているというのは、入場券、りんご、かつらなどの小道具が象徴的な意味を持たされ、それらの意味に指示されて人間が動き話が進むので、きわめて人工的、構成的にできている、という意味である。話の自然さの点で精緻にできているということではない。その点ではむしろ不自然である。なぜ不自然になったかというと、時子は作者の一部を代表してはいるが設定がことなっているからであ」り、「向田邦子は名声と尊敬につつまれているが、それが家庭やこどものかわりになるものではない。内心のさびしさにかかわりはない。そのさびしさの一面だけをとり出したのが時子なのである」と述べています。

『思い出トランプ』における主人公女性が独身なのは、時子だけですから、生涯独身だった向田とは重ね合わされやすいといえます。また、この作品は初の短編小説、しかも連作の第一作でしたから、相当の気負いがあったことも想像されます。結果として、短い作品としては、盛り過ぎ、凝り過ぎの感があるのも否めません。

しかし、この作品自体は家庭をもたない女性の「さびしさ」を前面に出そうとしたものではありません。時子が自分の今までの生き方を全否定するならともかく、二つの幸せは同時には手に入れられないという現実を受け入れるかどうかの、時子のまさに人生の瀬際をあらわそうとしたものと考えられます。

また、話が自然か不自然かについては、小説というものをどのような観点から評価するかにかかわる問題です。少なくとも短編に関してはリアリズム一辺倒が良いわけではけっしてないでしょう。

「酸っぱい家族」――なぜ鸚鵡だったのか

　この作品は、主人公の久鬼本が「大体、五十を越えた男で、毎朝希望に満ちて目を開く人間がいるだろうか」とぼやく、アンニュイな朝の場面から始まります。このぼやきには、九鬼本という人間の生き方や性格がさりげなく示されているように思われます。

　そこに、突如として異変が起きます。「飼猫が鸚鵡をくわえてきたのである」。すでに死んでしまった、その鸚鵡の始末をどうするかについて、家族で揉めた末に、九鬼本が会社に行く途中のどこかで捨てるハメになります。「女房は、いや此の頃は娘まで九鬼本を責める言いかたをする」ばかりで、何もしようとしませんし、息子も要領よく出掛けてしまっていました。

　九鬼本は、家を出た当初は、簡単に捨てる場所が見つかると思っていました。ところが、肝心の適当なゴミ箱がなかなか見当たらないし、あってもなぜか周りの目が気になります。何げなく置けばとも思うのですが、「うしろめたいせいか、それも気がとがめる」ということで、駅に着いてしまい、電車の中にまで持ち込むことになります。そこで網棚に載せたまま降りてしまうのが「一番簡単な方法」と思い付いたものの、「万一、ポタリと赤いものでも落ちてきたら大事である」と思い、ついに会社まで持って行ってしまいます。疚しい気持があれば、誰であれ、実行に移すにはひるむところがあるものですが、このような九鬼本の過剰なまでの優柔不断ぶりが印象付けられる場面です。

ここまでが、「捨てよう、捨てなくてはならないと思いながら、もう一息の度胸がなく、ずるずるに延ばして持って歩いている。この気持は、覚えがあった」というつなぎで、現在時からメインとなる回想場面に移るための導入部分に当たります。

それにしても、なぜ「捨てなくてはならないもの」が鸚鵡でなければならなかったのでしょうか。考えられるのは、まず、大きさ・重さのことがあります。「鸚鵡は鳩を二廻り大きくしたほどだが、死んでいるせいか妙に持ち重りがする」。その持ち重りの分だけ、心理的な負担が大きくなるのも、展開上の布石となりえるでしょう。

また、人間の口真似をするということもあります。「「オハヨウ。オハヨウ」／今まで黙っていた息子が、突然奇妙な声を出した。鸚鵡の口真似である。／「よしなさいよ。気持の悪い」」や「「オギクボオー」／スピーカーの調子が悪いせいか、駅名のアナウンスまで鸚鵡の声に聞こえたりする」のように、これらも久鬼本の心にダメージを与えます。

さらに、鸚鵡ならば、あきらかに他人の所有物ですから、飼猫のしわざとはいえ、バレれば、窃盗あるいは器物破損の罪にも問われかねません。そういう心配があれば、九鬼本の負い目はいや増すことになるでしょう。

以上だけからでも、作品の導入部分として鸚鵡を取り上げたことの意味はそれなりに説明が付きそうです。しかし、次の回想場面ではまったく出てこないものの、作品の最後の現在時に戻ったところで、ふたたび鸚鵡が登場することになります。

回想場面は、九鬼本の若く不遇だった頃に仕事の関係で知り合った陣内という一家とのやりとりが中心です。九鬼本は大学卒業後、「中野駅のそばの小さな広告会社」に就職します。友人に比べて見劣りする会社や仕事に「おれは何をしているんだろう」と思うばかりでした。そんなときに、写真館を営む陣内との付き合いが始まります。

仕事を依頼された陣内は、「〔助かります〕／を連発し、九鬼本に、どうやったら気に入ってもらえるか、という風に気を遣ってもてなし」、その都度陣内に、リベートを渡します。九鬼本が、そのリベートへのお返しのつもりで、陣内の娘の京子をアルバイトに使ったところ、勘違いされて、あたかもさらなるリベートのように九鬼本に娘を預けます。娘もまた、「父親にそう言われたのか」、「九鬼本の気に入られようとして、精いっぱい気を遣って」くれます。

やがて新たな、望ましい就職先が決まり、九鬼本が陣内家とも娘とも縁を切ろうとする際も、陣内は「いいの、いいの。なんも言わなくていいの」と言って、お祝いまで手渡します。そのとき、九鬼本は疚しさの裏返しで「本気で陣内を殴り倒したい」と思うのですが、結局は何事もなく別れたようです。その後、そのまま陣内家との縁が切れたのかどうか、そこまでは描かれることなく、陣内家とのエピソードは打ち切られます。

「鸚鵡返し」という言葉があります。他人が言ったことをそのとおりに繰り返して言うことを意味します。もともとは鸚鵡という鳥の独特の発声器官と習性によるものですが、人間の行為をたとえる場合には、当人の自発的な意思が含まれないことをあらわします。これをもう少し敷衍すれば、他人が望んだとおりのことを、自身の意思とは関係なく、繰り返して行うことにもなるでしょう。

エピソードに出てくる陣内の、そして娘の京子のとった行動は、九鬼本がみずから口にしたわけではないとしても、じつは九鬼本がひそかに望んだとおりのことだったのではないでしょうか。すくなくとも当時の九鬼本の気持を慰めるものになっていたことは、たしかだと思われます。

陣内は腕もよく、「納入期限も正確」、「料金も気の毒になるくらい安」いということならば、仕事相手としては申し分なかったはずです。にもかかわらず、酸っぱい匂いのする、貧しいあばら家を仕事場兼住居とする相手と仕事をしなければならないことに、九鬼本は耐えられないでいました。自分はそういう仕事、そういう相手と関わる人間ではないと思い込んでいたからです。それでも、自分にとってうま味のある、陣内家との付き合いを続けていたのでした。

そのうえで、回想シーン直前の「捨てよう、捨てなくてはならないと思いながら、もう一息の度胸がなく、ずるずるに延ばして持って歩いている。この気持は、覚えがあった」という部分を読み返してみると、「ずるずるに延ばして持って歩い」たあげく決着がつかないことが、作品末尾の「この店にはもうひとつ、捨てなくてはならないものがある」につながることになります。

その「もうひとつ、捨てなくてはならないもの」とは何か。思い当たるのはただ一つ、今は銀座のバーのマダムになっている京子です。

九鬼本は転職後のいつか、京子がその立場におさまることに手を貸したのではないでしょうか。二人の関係はかってのまま、ずるずると続いていたということです。そして、そうならば、父親との関係も同じように続いてきたことになるでしょう。つまり、九鬼本にとって、陣内父娘は捨てられないでいる「鸚鵡」だったのです。

一介のサラリーマンにすぎない九鬼本ですが、移った先が「銀座にある大手の広告会社」ということですから、おそらく仕事の接待などで行きつけの店に京子を紹介したのが最初だったと想像されます。それだけの関係なら別にどうということはありませんが、ママになるに至るまで、それなりの面倒を見る男女の関係にあったのでなければ、わざわざ「捨てなくてはならない」というほどのことにはならないでしょう。

父親と関係も、大手の広告会社ならば、半端仕事を陣内に回したところで、どうということはなかったはずです。そして、その見返りをこっそり着服し、小遣いにでも回してきたのでしょう。大した額ではないにせよ、露見すれば相応の処罰を受ける不正行為であることは間違いありません。それもまた、発覚する前に、どうしても「捨てなくてはならない」ものでした。

しかし、「捨てなくてはならない」という当為の気持は、その対象にたいする未練があり、不本意ながらという消極的な性質のものですから、それを実行するには、よほどのきっかけと度胸が必要となります。三〇年近くも「捨てなくてはならない」と思い続けながら「もう一息の度胸がなく」それを果たすことができなかった、しかも鸚鵡一羽さえ始末ができない九鬼本に、今さら可能とは思えません。

じつは、九鬼本からすれば、陣内父娘が「捨てなくてはならない」鸚鵡ですが、反対に陣内父娘から見れば、「鸚鵡返し」は反転して、九鬼本こそが鸚鵡ということになります。九鬼本は、捨てるつもりはあっても、陣内父娘の意向を無視しえず、それに応えて「鸚鵡返し」の行動を取り続けてきたのです。おそらくは、面倒を避け、その時その時の状況に「鸚鵡返し」的に身を任せてしまいがちな九鬼本の人柄を見抜いて、したたかに生きる陣内父娘は九鬼本をたくみに利用してきたのでしょう。

思い返せば、陣内は、お金を出せば、九鬼本が黙って受け取ることに気付いていました。娘が捨てられても、当然怒り狂ってもおかしくない父親が笑って文句の一つも言わないでおけば、あとあとそれが九鬼本に大きな貸しを作ったことになるという読みがあったにちがいありません。「今考えてみれば、二十六という若さだけが理由かもしれなかった」という、都合の良い思い込みで済ませてしまう九鬼本がかなう相手ではありませんでした。結局、自分では捨てることのできない鸚鵡をマダムに預けようとする九鬼本の姿勢には、今までと何ら変わりのない関係がそのままあらわれているといえます。

作品最後の「この店にはもうひとつ、捨てなくてはならないものがある」という一文は、九鬼本の立場から読めば、それは京子との、さらには陣内との関係になります。しかし、作品全体から向田の意図を探ってみれば、本当に捨てなければならないのは、そういう九鬼本自身の、鸚鵡のような生き方のほうだったのではないでしょうか。

「耳」——楠が暴れだしたきっかけは何か

「耳」の主人公の楠は、風邪のせいだったのでしょう、熱があって仕事を休んでいました。家に家族は誰もいません。そんな、いつにない状況に置かれると、いつもは忘れていたこと、あるいは気にとめなかったことがふと心に浮かんでくるものです。「日向臭い水枕の匂いを嗅いでいると、五十面下げてなにかに甘ったれたいような、わざと意気地なく振舞いたいような気分になって」きた楠の頭に浮かんできたのは、看病してくれた母親のことを契機とした、耳にまつわる、幼い頃の思い出でした。

「自分の耳朶をさわる」癖があり、異常なまでに耳に関心をもっていた楠自身のこと、中耳炎になり「片耳が難聴」になってしまった弟の真二郎のこと、そして「耳の内側の、突起のところにいつも赤い絹糸を下げていた」隣りの家の女の子のことが、次々と浮かんでくるのでした。

女の子については、「名前も顔も忘れてしまった」のですが、彼女の耳に関することだけは鮮明に覚えていました。そして、「女の子の耳をさわりたい」、「耳の穴を覗いてみたい」と思っていた、ある日、マッチの炎を近づけて、その子の耳の中を見ようとしたというところで、女の子に関する思い出は突然、途絶えてしまいます。

弟の真二郎の耳について思い出したのは、今現在と同様、熱を下げるために水枕をして寝ていた幼い頃の楠に掛けられた、「中耳炎になったら大変だ」という母の言葉でした。「中耳炎になったのは楠ではない。弟の真二郎である」に始まり、しばらくしてから、また弟の耳に関する思い出がよみがえります。

たとえば、「「耳をさわるんじゃないの」／母親の高声を聞いたのは、頬を殴られる前だったのかあとだったのか」、「何故、母親はあのときだけ、あんなに激しく楠を殴ったのだろう。／弟の真二郎が、中耳炎で病院通いをしていたからだろうか」。また、真二郎がノートの記名欄に、片耳が遠いことから周りに付けられた「ビクター」という犬のあだ名を書いたのを見て、「家中で大笑いをしたが、一緒に笑っていた母親が、同じように笑っていた楠を突き飛ばすと、いきなり真二郎を抱きしめて泣き出したことがあった」などのように。

このように思い出される母の言動は、弟が難聴になったことに関して、否応なく自分になんらかの責任があったと、幼い楠に思い込ませることになりました。「水遊びをしていて、耳に水が入ったんですよ、と母は近所の人に話していたし、楠もそう言われていた」にもかかわらず、それを鵜呑みにできなかったのは、過剰ともいえる母の反応が、楠をかばってのことであるとしか思い付きようがなかったからでしょう。

楠自身のなかにも、「道で「行キ止リ」というのがある。／あれは変圧器でも入っているのか、金属で出来た人間一人やっと入れるほどの小さな小屋があって、「危険」「触ワルベカラズ」と赤い字で書いてある。／弟の中耳炎は、楠にとって、これから先は「行キ止リ」であり「危険」であった。何故だか判らないが、そこまでゆくと、くるりと踵を返して戻らなくてはいけないのだ」という思い込みがあって、自分のほうから親に問う勇気を持てないままでいました。

そうしていつか忘れるともなく忘れて、長い年月が経っていました。それが、家に一人いて暇をもて余しているときに、不意に浮かび上がってきたのです。

そういう、現在の家族にも、おそらくは他の誰にも話したことがなかった自らの暗い秘密に思い当たったとき、楠はそのこと以外の何かに気をそらそうとしました。その対象とされたのが、今の楠にもっとも近い家族でした。

「夫婦に一男一女。／平凡な家庭である。格別の秘密があるわけでもない」と思ってきた家族の一人一人にも、じつは「秘密」があるかもしれない、そう思ったのです。これまでは見て見ぬふりをしてきた、あるいは特別の関心を向けることもなかった家族にたいして、疑惑の目を向けることになったのは、自分だけでなく、家族のそれぞれも秘密を抱えていることを確かめることによって、免罪を求めようとしたと見ることができます。

そうして、誰もいないのをいいことに、家中を探り始めました。最初のうちは、「俺は何をしているんだ、と自分を嗤い」、「卑しい真似だぞと自分に聞かせ」ながらだったのですが、しだいに「体のなかで、小さくたぎるものがある」と感じるようになると、自分を押さえることが難しくなり、ついには「体の奥から熱いどろどろしたものが噴き上げて」きて、暴れだしてしまいます。

実際に、あちこち乱暴に家捜しをしてようやく見つけたものは、子どもたちの、秘密ともいえない、ポルノ雑誌やらピアスやら煙草やら、ぐらいのものでした。それでも、楠にとっては、自分には隠していたということで、秘密を抱えているのは自分だけではないと思わせるものになりえたのでした。

帰宅した娘に、「パパ、なにしてるのよ」といきなりどなられても、「気がついたら、食ってかかる娘の横面を殴っていた」というのですから、楠がいかに興奮していたかが分かります。おそらく娘に手を上げたことなど、これまで一度もなかったでしょうに。娘に遅れて帰ってきた妻は、「二階も下も落花狼藉の有様に呆然としながら」、ただならぬ夫の様子を見て、「ことばは夫をかばいながら、薄気味悪そうに楠の目の色をのぞき込」みます。それは、夫の身を心配するというよりは、楠という人物の本性を疑うものでした。

それ以前は、妻も子どもたちも、楠に「格別の秘密があるわけでもない」と思っていたはずですから、よりにもよって、楠はみずから自分の秘密を家族に気付かせかねない状態を招いてしまったことになります。

作品は、やがて落ち着きを取り戻した楠が、真相を確かめるために、遠く北海道で暮す弟の所をひさしぶりに訪ねてみようと思い立つところで、終わりを迎えます。

しかし、当時まだ四歳だった弟が覚えていないことは、わざわざ本人に確かめるまでもないことでした。「父も母も大分前に見送っている。あの日のマッチの炎について、たずねるべき人間はもういない」のです。とすれば、楠の真意は、真相云々ではなく、他にあったと考えられます。

弟の難聴が自分のせいではないかという楠の思い込みが生じたのは、いつもは優しかった母親から、信じられないほどのつらい仕打ちを受けたショックからでした。しかし、そういう母の仕打ちには、あくまでも家庭内での出来事とすることによって、さらに隠さなければならない本当の理由があったのではないでしょうか。

そこでひっかかるのが、作品の途中であっけなく姿を消した女の子のことです。「楠の隣りの家に住んでいた」その家族が「半年だか一年だか、ごく短い期間」でいなくなってしまったのは、なぜなのか。また、「新しくもう一本擦り、マッチの炎をほんのすこし耳の洞穴に近づけた。赤い絹糸を焼いたら大変だ。／用心しながら炎を近づけると、赤い炎はスウッと洞穴のなかに吸い込まれた」というのに、「真二郎が、火のついたように泣き、マッチの火は消えた。／どうして真二郎が泣いたのだろう。／女の子が泣く代りに、どうして真二郎が――」とすり替わるのは、いったいなぜなのか。

じつは、楠がマッチの炎を入れてしまったのは、その描写どおり、弟の耳ではなく、その女の子の耳だったのではないでしょうか。「小さな茱萸の実のすぐ上にある耳の穴を覗いてみたいと思った。あの奥はどんな風になっているのだろう」と楠が興味をもったのは、けっして弟の耳ではなく、その女の子の耳だったのです。

想像をたくましくすれば、女の子はそのせいで、ひどい怪我をしてしまったのかもしれません。そして、それが原因で、その後まもなく引っ越したのではないでしょうか。その間に両家でどういうやりとりがあったかはいっさい示されていません。それは、子どもの楠の知らないところで行われたことでしょうし、表沙汰にもならなかったのでしょう。

しかし、楠にとっては耐えられないほど強烈な展開だったにちがいありません。それが無意識のうちに記憶のすり替えを行わせることになったと考えられます。

女の子の回想が突然、打ち切られ、弟のほうに切り替わっているのは、弟ではなく、その女の子に関して、それ以上、思い出すことは「危険」であり「触ワルベカラズ」のことでした。つまり、まさに「行キ止リ」だったのです。

そのことに気付かざるをえない事態に及びそうになったとき、そしてさらにそれを無理にも隠蔽しようとしたとき、楠はさらに激しく暴れざるをえなくなったのでした。

この作品が他と異なるのは、主人公の思い込みが思い込みのための思い込みという点です。他の作品における思い込みは、その思い込みの内容そのものによって、主人公の人生が左右されるようなものでした。ところが、この作品にみられる思い込みの場合、その内容はもっと奥にある別の思い込みを隠すためのものです。

表向きの（?）思い込みだけだったならば、楠は暴れるまでにはならなかったかもしれません。弟と和解する気になりさえすれば、真相はどうあれ、その負の思い込みは解消されたでしょう。しかし、作品の最後の場面で、弟との再会の場面を予想する中に、「ものはためしということもあるから、隣りの家に住んでいた、耳から赤い絹糸を垂らした女の子のはなしをしてみようか」とあります。これは単なる思い出話の一つとしてではありません。それなりに人生の年輪を重ねた今、楠は、隠されていた、もう一つの思い込みの内実に踏みこんでみようという気になったのです。

弟が「「おぼえてないなあ」／小首をかしげ、体を斜めにしながら、こう答えるに決っている」と思ったあと、「そのあと、なんと続けるか、水枕でしびれた頭は、歳月と一緒にことばも凍りついてしまって、なにも出てこないのである」で、作品が締めくくられます。「ことばも凍りついてしまっ」ているのは、楠の頭がそのときに限って「水枕でしびれ」ていたからではありません。やはり今なおその思い込みが楠にとって「行き止まり」だったからであり、我知らずそれ以上の詮索が拒まれたからでした。とすれば、また何かのきっかけさえあれば、楠はふたたび暴れだすことになるかもしれません。

「花の名前」――「君が代」は何を寿ぐのか

この作品の末尾段落は「隣りから、テレビの「君が代」が流れて来た」の一文から成っています。それと照応するのが冒頭近くにある次の場面です。「「君が代」が聞えてきた。／隣りのうちのテレビである。どういうわけか、必ず国歌吹奏まで聞いてスイッチを消すことにしているらしい。／大学生の息子も娘も、どこで何をしているのかまだ帰って来ない。電話のベルを大きい、鋭いとおもい、小布団をあてがったのは、常子ひとりで、帰る人間を待っていることが多い証拠であろう。家族四人の顔が揃い、お茶をのんだりしているときは、隣りの「君が代」は聞えないのである」。

冒頭近くと末尾とで照応させ、とくに末尾はその一文でしめくくられているのですから、「君が代」が、その時間帯や状況を示すためだけではなく、「どういうわけか」とその理由がぼかされている点も含め、なぜ「君が代」が出てくるのか、その意味の読み取りが求められているといえます。

そのために押さえておきたいことが、三つあります。まず、「君が代」は自分の家ではなく隣家から聞こえてくるということです。これはつまり、主人公の常子自身の意図ではなく、勝手に耳に入ってくるものなのです。

二つめは、「君が代」の前のテレビの音は聞こえていないということです。隣家が「君が代」吹奏の時だけボリュームを上げるとは考えにくいですし、「ひとりで、帰る人間を待っていることが多い」常子ですが、その時間まで自宅でテレビやラジオを視聴しているわけでもなく、「家族四人の顔が揃い、お茶をのんだりしているときは、隣りの「君が代」は聞えない」というのも、家族がおしゃべりをしているから聞こえないということでもないようです。ということは、常子がひとりのときに限って、そして「君が代」にだけは彼女の感覚が反応するということになります。それは、常子の病的な幻聴ではない、彼女の置かれた、しかるべき心理的状況と呼応していると考えられます。

そして三つめに、「君が代」が聞えてくる前には、きまって夫の松男との関係にたいする思いが吐露されるということです。あたかも松男のことを考えるのがきっかけとなって、

「君が代」が聞えてくるというような表現のしかたになっているのです。冒頭近くでは「二十五年の歳月は、夫の背に肉をつけ、暮し向きのこまかいことも、言うだけは言うが結局常子の言いなりになっている」という文のすぐ後に、末尾では「花の名前。それがどうした。／女の名前。それがどうした。／夫の背中は、そう言っていた。／女の物指は二十五年たっても変わらないが、男の目盛は大きくなる」の直後に、「君が代」が出てきます。

以上から導き出されるのは、「君」＝松男という結び付きです。

「君が代」という日本国歌が、最初の勅撰和歌集である古今集の巻七「賀歌」の冒頭に位置する「わがきみは千代にましませさざれ石の巌となりて苔のむすまで」（よみ人しらず）という歌に由来することは、広く知られています。当歌における「きみ」は天皇の意ではなく、敬愛する相手のことをあらわし、その人の長寿を祈るものでした。この由来からすれば、常子にとっての「君」が松男であるとみなしても、不当ではないでしょう。

加えて、松男の「松」です。同じ古今集の賀歌には「万代を松にぞ君を祝ひつる（鶴）千歳のかげに住まむと思へば」（素性法師）という和歌があり、松という木は鶴とともに古くから長寿の代表として詠まれています。この作品における「松男」という命名が適当になされたとは思えません。きっとこういう賀歌にちなんでいると考えられます。

　それでは、「君が代」と松男とは、常子のなかで、どのように結び付いていたのでしょうか。前に指摘した三つのポイントからは、元歌とも国歌とも異なり、けっして常子が親愛を込めて夫の長寿を祈っているとは受け取れません。

　若い頃から、松男は「具体音痴」であり、「花の名前をほとんど知らなかった」。そういう男にたいして、「これからの長い一生、何の花が咲いて何の花が散ったのか関心のうすい男と暮すことは、二十歳になった常子はさびしいこと」でした。しかし、「おれは不具だな」と言い、「結婚したら、花を習ってください。ぼくに教えてください」と素直に頼む松男の姿に感激し、常子は結婚を決意したのでした。

　結婚当初は、常子が花のことだけでなく、「日常のこまごましたこと」を松男に教え、松男はそれに応えるように、夜になると「必ず荒々しいしぐさで常子を抱」くという関係でした。その成果として、松男は「上役に気に入られ」「お前のおかげで、人間らしくなれた」と言って、妻に感謝し、常子もそういう夫との関係に甘んじていました。

このような夫婦関係もいつしか変化していました。常子から松男に「もう教える必要もなくなって」いましたし、三人目の子どもを流産して以降は、夜の営みも「自然にすくなくなって」いました。それでも、「こまかいところでは、まだまだ常子のほうが上」であり、日常的なことは「みな常子の言う通りに」するという点で松男は変わりなく、常子も「習慣というのは恐ろしいもので、夫に復習を強いる口調」に変わりありませんでした。

長年の夫婦関係において、こういう経緯は、しごく普通であり、松男・常子夫婦だけが特別ということではないでしょう。ただ、この作品で問題になるのは、常子が家庭内だけでなく、家庭外でも夫は同じと思い込んでいたことでした。「時間や規則にやかましい四角四面の人間」であり、「真面目の上にもうひとつ、あまり字面のよくない字がのっかるところから、女道楽だけは大丈夫だと思っていた」のです。

「だが、女がいた」。ある日、「ご主人にお世話になっているものですが」という女からの電話がかかってきて、常子はそのことを知らされます。そして、「女は花の名前だった。

夫がその女にひかれたのは、恐らく名前のせいに違いない。／「教えた甲斐があったわ」／常子は呟き、もう一度大きな声で笑った」と、これまでの夫婦関係のありようを自虐的に振り返ります。その女に会ったときには、「夫は、バーで常子のことを、うちの先生と呼んでいる」ことが分かり、夫もまた同じ観点から夫婦を捉えていたことに気付かされます。さらに、つわ子という女の「なんでもよくご存知なんですってねえ。あたしと反対だわ。あたし、馬鹿で有名なんです」という言葉に、夫が自分とは正反対の女にひかれた理由にも思い至ったのでした。

つわ子はただ、「こういう者がいるということを、覚えておいていただこうとおもって」、常子に会おうとしたということになっていますが、その真意は不明です。ある種の精神的な仕返しだったのでしょうか。しかし、作品として見るならば、常子の一方的な思い込みを思い知らせるための設定のように思われます。

女のことを追及しようとした常子に、松男は「終ったはなしだよ」の一言で済まそうとします。あたかもそれは、あくまでも一時的な「女道楽」であって、夫婦関係に影響はないとでも言うかのように。夫の、まったく悪びれることのない、その言葉と態度によってはじめて、常子は「物の名前を教えた、役に立ったと得意になっていたのは思い上がりだった」ことに気付かされて、この一件は終わります。

それにつけても、常子はもとより、松男も離婚を考えたことがあるような節はまったく見られません。今後も家庭でのそれぞれの役割を全うしあう関係として続いてゆくことが予想されます。常子も、家庭をつつがなく仕切っているという自負とともに、家庭に波乱を持ち込まず、家庭では妻の言いなりに任せ、会社ではそれなりの出世を遂げている夫にたいして、人並みには満足しているといえます。

ただ、そうではあるものの、専業主婦としてもっぱら家のなかで過ごす常子の心のどこかに、家族からひとりだけ取り残された思いがあったとしても、不思議はないでしょう。自分が家にいる間に、夫は「昔は、たしかに肥料をやった覚えもあるが、若木は気がつかないうちに大木となって」いて、自分の知らない外の世界に枝葉を広げていたのですから。

それにたいして、とくに何かに興じるわけでもなく、家族の帰りを待ち続けるだけの常子には、夜遅くの静寂が否応なく痛切に人生の孤独・孤立を感じさせるものであったにちがいありません。そんな時に心に染み入ってくるのが「君が代」でした。

もはや夫婦相和す「我々の代」ではなくなっていました。常子の変わることのない「我が代」が関与しえない、夫の「君が代」だけが寿がれる。まさに外から聞こえてくる「君が代」という歌が、常子にはそのように感じられてならなかったのではないでしょうか。

じつは、初出の『小説新潮』では、最後に「夜の「君が代」は、常子には、いやに堂々とした男たちの子守歌に聞えた」という一文が付け加えられていました。単行本化にあたって、これを削除したのは、これまで述べてきたような向田の意図があからさまに出ていると判断したからでしょう。

「ダウト」――塩沢の父は本当にキセルをしたのか

この作品では、主人公である塩沢の父親の人柄についての描写がしばしば見られます。たとえば「もともと狷介な性格」、「父は、どちらかといえば枯淡の人」、「酒もつき合い程度にたしなんだが、度を越すということはなかった」、「お父さんみたいに衿の汚れない男は、いないんじゃないかねえ」、「融通の利かない性格」などなど。そして最後は「あの人格者といわれた父」です。

『新明解国語辞典』(第三版)によれば、「狷介」とは「性質がひねくれていたり、自尊心が異常なまでに高かったりして、人とむやみに歩調を合わせなどしない様子」のことであり、さらに「融通が利かない」とくれば、はたして、人柄がよいという点で敬愛される人をいう「人格者」にふさわしいでしょうか。父親は「小学校の校長を停年でやめたあとも、教育畑一筋に歩いた」という教育者でしたから、かつてのその典型的な職業人イメージに合わせようとしたのかもしれません。

その一方、息子の塩沢はどうかというと、「親戚の間で塩沢はよく出来た長男」で、世間でも「人間的にもよく出来た人」とあり、「自分のなかに、小さな黒い芽がある」ことにたいしても「なあに人間なんてこんなものさ、このくらいのことは誰だってやっているさ、とうそぶくところもあ」る、いわば清濁合わせ飲む、いかにも人格者らしい人物であり、父親とは対照的なタイプとして描かれています。

この作品は、塩沢が病院で危篤状態にある父親をひとり看病する場面から始まります。この場面で繰り返し描写されるのが、父親の匂いです。「それは父の口許から立ち昇」り、「部屋いっぱいに立ちこめてい」ました。塩沢には「部屋にいるのが耐えがた」く感じるほどでした。塩沢はその匂いについて、「親の匂いなら、うとましさのなかに懐かしさを見つけ出してこらえ受けとめてやるのが、父子の情というものであろう。だが、父のそれは、ただの病人特有の口臭だけではなかった。もっと別の、はらわたの匂いがした」。「この人間のどこから、けだものじみた臭気が出てくるのか。人はこういうおぞましいものを吐き出さなくては死ねないものなのであろうか」と思わずにはいられませんでした。

そして、我慢しきれなくなった塩沢が一旦、病室を離れ、戻って来たときには、父は死んでいました。その時、「あの匂いが、嘘のようになくなって」いたのでした。

こういうことが実際にあるものでしょうか。塩沢にとって、脂気がなく、痩せていて、煙草の匂いしかしなかった父親だからこそ、その「はらわたの匂い」「けだものじみた臭い」という強烈な悪臭はさぞ意外だったのでしょう。そして、そういうギャップが、人格者という、きれいな外面と、「おぞましいもの」を抱えた内面を合わせもつ父親の存在を想定させることになります。

作品の終り近くで、トランプのダウトゲームの話から、堅物の父親がキセル乗車をしたというエピソードが出てきます。冒頭近くにも「もともと痩せていたが、晩年は脂気も水気もなくなって、へし折ればペキンと音がしそうであった。廊下ですれちがうと、形も匂いも父は一本の煙管であった」という比喩がありますから、両者の符合が目論まれたと考えられます。

「キセル乗車」とは、「煙管（キセル）」という語に由来します。刻み煙草を吸う道具のことで、吸い口と火皿の両端だけが金属で出来ていることから、乗車駅と降車駅つまり端と端のそれぞれ直近間の切符代だけを出し中間の分を払わない不正乗車のことをいいます。

塩沢が「小学校二年か三年の夏休み」に、父親に「珍しく奥多摩へ釣りに連れていってもらった帰りの出来事でした。「改札で呼びとめられ」、父は駅長室にひとり出向きます。一時間後、駅長室から出てきた父親は「急に老けた顔になってい」て、それから「物もいわず先に立って改札を出ると、黙って鰻丼をおごってくれ」たのでした。その時の父親の行動と様子から、「塩沢は、父がキセル乗車をしてとがめられたことに気がついて」、「母や弟妹たちに言ってはいけないことも判っていた」とあります。

しかし、この件については、不審な点がいくつもあります。まず、塩沢が小学二年か三年だったならば、子供用の切符が必要だったはずですが、そちらは正規のものだったのか。また、キセルをするには前もってその直近の駅から降車駅までの切符あるいは定期券を用意していなければならなりませんが、それが可能だったのか。さらに、立川駅から奥多摩駅まではＪＲ青梅線で一本、料金は今でも六〇〇円程度であって、鰻丼代にははるかに及ばない額なのに、わざわざキセルをする必要があったのか。そもそも、トランプの「ダウト」で負けてばかりの「融通の利かない性格」の父親が、キセルをしようなどと思うか…。だからこそ、魔が差したとしか言いようがない、父親の意外な「汚点」ということになるのかもしれませんが、魔が差すにしても、それなりのよほどの理由がなければ、塩沢の父親が、職も立場も失いかねない危険なことをするはずがないでしょう。

ついでにいえば、口止めのためらしい鰻丼ですが、それが小さい頃から大好物だった向田ならばともかく、普通の子供が喜んで食べる物はもっと他にいろいろあるでしょう。よりによって魚釣りに行った帰りに鰻というのも、どうかという感じがします。

つまり、このエピソードはどう見ても嘘っぽいということです。こういうところをもって、向田の設定は杜撰であると批判する向きもあるでしょうが、当たっていません。向田はあえて嘘っぽいエピソードにしたのです。最初と最後のキセルつながりや、鰻丼が出てくるあたりには、やや遊び心が過ぎた感がなくはないものの、このエピソードが事実そのものとして受け取られてしまわないようにするための仕掛けだったのです。

その出来事以来、「父は、疑っていた。塩沢が告げ口をしたのではないかと思っていた節がある。気のせいか、父は、前ほど心をひらいて塩沢を可愛がってくれなくなった」とあります。これも塩沢のあくまでも「気のせい」にすぎません。もし本当に告げ口をしていたら、いつか、何かの拍子に、家族の誰かの口から漏れるものです。そういうことがまったくなかったとしたら、「父は、疑っていた」ということ自体、「塩沢が正しい数字を出しているのに、「ダウト」をかけては、負けていた」のと同じことになります。

作品のほぼ終わり近くで、父親の葬儀を終えたあと、「幼ない塩沢の前を、そげたような背をみせて改札口を出て歩いていったあの夜の父の姿がよみがえった。／あの人格者といわれた父にあの夜の汚点があった。そして俺もまた……」と塩沢は思います。

これは要するに、塩沢は自分の中にある、当面の疚しさを、疚しいこととは一切無縁のはずだった父親にも無理やりにでもあったとすることによって、まぎらわそうとしたのであり、それとともに父と子としてのつながりを求めようとしたということでしょう。

塩沢にとっての当面の疚しさというのは、鯨岡という上司のことを会長に電話で讒訴し、そのせいかどうか分からないものの、鯨岡は失脚し、その後釜に座ったこと、それ自体ではありません。問題は、その電話を従弟の乃武夫に聞かれたのではないかという疑いであり、それが塩沢の疚しさになっていました。

乃武夫は、よりによって塩沢がもっとも毛嫌いし見下している親戚でした。にもかかわらず、塩沢の父親に可愛がられ、「親戚の女たちに人気があった」というのですから、ますます気に入りません。そんな乃武夫が「あの夜のことをひとこと洩らしさえすれば、塩沢の権威は失墜する。女房は軽蔑するに違いない」という爆弾を抱えているという疑いを塩沢は拭いきれずにいます。葬儀のあと、塩沢はしつこいくらいに乃武夫の素行を責めます。直接確かめるわけにはいきませんから、怒って「大きなことをいえた義理かい、自分はなんだよ」と、ばらすように仕向けます。しかし、「乃武夫は、のらりくらりと逃げ、酔って眠」ってしまい、真相は不明のままに終わります。

塩沢の父親は、塩沢に、キセル乗車の件を家族に話したかどうかを尋ねたことは、一度もなかったでしょう。そもそも、そういう事実さえなかったとすれば、当然のことです。

それでも、塩沢は父親が自分のことを疑っていると思い込んでいました。立場を代えて、乃武夫は塩沢から疑われていると思っていたでしょうか。そのうえで、わざと塩沢をいたぶるように、のらりくらりと対応したのでしょうか。塩沢とは生きる世界がぜんぜん違う、しかも引け目のある乃武夫ですから、塩沢の案じるようなことに思い及ぶということは考えにくいことです。これもまた、塩沢の一方的な思い込みのように思えます。

そしてラスト。冒頭の匂いがあらためて持ち出されます。「死ぬ間際に父の吐いたはらわたの匂いは、そのまま俺の匂いだ」。父親のキセル乗車という汚点は塩沢の思い込みのままに確信的なものとなって、みずからの「黒い芽」と重ね合わされることにより、やっと「おぞましさとなつかしさが一緒に」なった、父との和解感を得ます。

乃武夫についても、「もしかしたら、生き乍らの腐臭を、この男に嗅がれている」という思い込みはそのままにして、「聞いて、聞かぬふりをしていてくれる」という、「ちゃらんぽらんで、ごまかしながら世渡りをしているこの男に、たったひとつ、俺のかなわない澄んだところがある」ことを認めようとします。

このように、この作品では、主人公の塩沢は事実なり真相なりをあきらかにしないままに、思い込みは思い込みとして、それなりの折り合いを付けようとします。もしかしたら、実際は違ったのではないかという思いもあったかもしれませんが、片やもはや確かめる相手はなく、片やへたに聞けば藪蛇にもなりかねませんから、どのみち思い込みを選ぶしかなかったともいえます。そういうことならば、あとは自分の思い込みを都合のいい方に解釈するしかないでしょう。それが正しいか否かは別として。

かくして、乃武夫のことはともかく、塩沢と父親との関係は、長らく続いた、ぎくしゃくした期間の、最初の幼かった頃と、最後の父親が亡くなる時という両端だけが金色に輝く、キセルのようなものとなったといえそうです。

「思い出トランプ」――なぜこういう書名なのか

これまでの、各作品の謎の検討をふまえて、最後に、なぜ書名が「思い出トランプ」になったのか、その謎について、考えてみたいと思います。

この短編集の巻末には「上梓にあたり順番は題名に因んで十三枚のカードをシャッフルしてあります」とあります。トランプ→カード→シャッフルという関連付けは容易に想像されますし、「シャッフル」というのは、初出の『小説新潮』の掲載順とは違う配列にしたということでしょう。最後の作品としてカードゲームの一つをあらわす「ダウト」を持ってきたのも、それなりの完結性が意図されたとみなされます。しかし、ただそれだけのことでしょうか。問題は「思い出」との関係にあります。

小説は、基本的に過去の出来事を取り上げるものですから、作中人物のであれ書き手のであれ、誰かの「思い出」です。「思い出」とは、過去の経験のなかでとくに思い出される事柄のことであり、多くは懐かしさというプラスの感情をともなうものです。『思い出トランプ』の各作品にも、程度の差はあれ、それぞれの主人公の思い出が記されていますが、それらは本書であきらかにしてきたように、普通のありよう以上の、しかも強い負のバイアスがかかったものであり、なかには当人が本当に経験した出来事なのかどうか訝しく感じられるものも見られます。

向田の場合、事実を元にして書いたとみなされる「父の詫び状」などのエッセイにおいてさえ、事実とは異なるさまざまな脚色があったことが確認されていますが、どれも懐かしさをともなった思い出という点で、「思い出トランプ」というタイトルは、それらのエッセイのほうにこそふさわしいといえます。

言うまでもなく、虚構を旨とする小説においては、事実としての経験そのものの存在を云々することに意味はありません。問われるのはテクストとしてどのように描かれているか、です。『思い出トランプ』の各作品テクストは、当人にとっては「思い出」であったとしても、読み手にとっては勝手な思い込みとしか思えないような描き方になっていて、「思い出トランプ」というよりは「思い込みトランプ」と言ってもよいほどです。

「かわうそ」の宅次しかり、「だらだら坂」の庄治しかり、「はめごろし窓」の江口しかり、「三枚肉」の半沢しかり、「マンハッタン」の睦男しかり、「酸っぱい家族」の九鬼本しかり、「耳」の楠しかり、「ダウト」の塩沢しかり。なぜか男性が主人公になっている作品に、それが目立つように思われます。男性のほうが女性よりも思い込みが強いからでしょうか。

もちろん、女性が主人公になっている作品にも、思い込みが認められないわけではありません。「犬小屋」の達子、「男眉」の麻、「大根の月」の英子、「りんごの皮」の時子、「花の名前」の常子、みなそれぞれに、思い込みを抱えています。ただ、男性の場合と異なる点があるとすれば、それは自覚化されることが少ないように描かれているということです。自伝的色彩の濃い「りんごの皮」が、やや自省的になっているくらいです。

じつは、書き手の向田自身は、とんでもなく思い込みの激しい人だったようです。エッセイ集のタイトルにもなっている「眠る盃」や「夜中の薔薇」というのも、歌詞を間違えて覚えてしまい、そのままずっとそう思い込んでいたというエピソードですし、「何かの加減でいっぺんそう思い込むと、なかなか自分のイメージを訂正できないというのは、私にも覚えがある」（「ハイドン」『無名仮名人名簿』所収）という例も含め、「思い込む」ということばが彼女の全エッセイの中には二〇回も出てきて、さまざまな思い込みのエピソードが披露されています。

ところが面白いことに、『思い出トランプ』のなかには、なぜかたったの一度も「思い込む」ということばが出てこないのです。このあたりにも、あえてこのことばを使うのを避けようとした意図があるように感じられてなりません。

ちなみに、向田の小説で唯一出てくる「思い込む」は、「隣りの女」におけるサチ子の科白のなかの「こういうの生れてはじめてなんです。ほら、毎日って普通でしょ。自分のまわりには、自殺とか心中とかそういうこと絶対に起らないって、なんかそう思い込んで暮してるとこあるでしょ、でもそうじゃないんですね」です。この小説では、この後、平凡な主婦だったサチ子が、絶対起らないと思い込んでいたことをみずからが実行するという展開となっていきます。

それはともかく、過去の出来事にたいする思い込みは、それぞれにおける「物語」と言ってもよいでしょう。思い出を自分なりの物語に仕立てあげることによって、それまでの人生になんらかの辻褄合わせをほどこすのです。

一つ一つはかりに事実としても、それらを人生全体の文脈のなかに位置付け、関連付けるとき、物語が必要になるのであり、そうすることによって自らの生き方を正当化あるいは合理化して納得しようとします。事実からさらに進んで「真相」ということになれば、さらにその傾向が強くなります。

『思い出トランプ』の各作品テクストは、主人公にとっての思い出＝思い込みがおそらく真相とはかけ離れているであろうことを強く匂わせます。本書で取り上げた謎は、それをうかがわせるテクスト上の手掛かりなのでした。

ここで重要なのは、それによって物語自体を相対化することが目指されているのではなく、物語とは多かれ少なかれ、そのようなものとして成り立っているということです。そして、それだからこそ「思い出トランプ」の「トランプ」が生きてくるのです。

トランプがゲームとして成り立つのは、各自がもつカードの数字が他人からは見えない、隠されているということによってです。そのうえで、ゲーム中の各参加者は自分の持ち札をやりくりして、それぞれのあがり、つまり一つの望ましい物語を作ろうとします。

その、いわば各自の物語がどんなものかはゲームが終了するまで、他の人には分かりません。お互いに探り合うだけです。人生というゲームにおいても、各人が内に秘める物語は、語られないかぎり、当人以外には永遠に分かりません。当人だけだからこそ、物語は独自に生成され、強化されていきます。

『思い出トランプ』における各作品は、そのような思い込みという物語の本質を垣間見せようとしたものであり、「思い出トランプ」という書名は、そのことを象徴的にあらわしているといえます。

おわりに

本書は、「向田邦子『思い出トランプ』の謎」（『文學藝術』第三九号、共立女子大学、二〇一五年七月）という論文を元にしています。大学院の授業での議論をふまえたものだったので、受講生の後藤芽衣と佐藤美萌という二人の院生との共著の形をとりました。

今回、単著にするにあたって、大幅に加筆しましたが、そこここにとどまっているはずの彼女たちの痕跡はあえて消さず、思い出として残すことにしました。それぞれに相当思い込みの強い二人には、今後の幸せを祈りつつ、記して感謝したいと思います。

出版については、前著『向田邦子の比喩トランプ』の続編というつもりで、新典社さんにお願いしたところ、快く引き受けていただきました。心から御礼もうしあげます。

代表幹事を務める向田邦子研究会が二〇一七年に三〇周年を迎えます。それに先立って、本書が、改めて向田文学が注目され正当に評価される呼び水にもなれば、と願っています。

二〇一六年一月

著　者

半沢 幹一（はんざわ かんいち）
1954年2月9日　岩手県久慈市に生まれる
1976年3月　東北大学文学部国語学科卒業
1979年3月　東北大学大学院文学研究科修士課程修了
学位：文学修士
現職：共立女子大学文芸学部教授
主著：『表現の喩楽』（2015年, 明治書院）
　　『対釈新撰万葉集』（共著, 2015, 勉誠出版）
　　『日本語文章・文体・表現事典』（共編, 2011年, 朝倉書店）
　　『向田邦子の比喩トランプ』（2011年, 新典社）
　　『あそんで身につく日本語表現力』（全4巻, 監修, 2010年, 偕成社）
　　『日本語表現学を学ぶ人のために』（共編, 2009年, 世界思想社）
　　『ことば遊びの日本語表現』（共著, 2008年, おうふう）

新典社新書 66
向田邦子の思い込みトランプ

2016年1月15日　初版発行

著者――半沢幹一
発行者――岡元学実
発行所――株式会社 新典社
〒101-0051　東京都千代田区神田神保町1-44-11
編集部：03-3233-8052　営業部：03-3233-8051
ＦＡＸ：03-3233-8053　振　替：00170-0-26932
http://www.shintensha.co.jp/　E-Mail:info@shintensha.co.jp
検印省略・不許複製
印刷所――恵友印刷 株式会社
製本所――牧製本印刷 株式会社
© Hanzawa Kan'ichi 2016　Printed in Japan
ISBN 978-4-7879-6166-2　C0295

定価はカバーに表示してあります。
乱丁・落丁本は、お取り替えいたします。小社営業部宛に着払でお送りください。